D1720406

MEINE UNSICHTBARE GESCHICHTE

Azra Ljaic

Jedes Kind verdient einen Helden, einen Erwachsenen, der es niemals aufgibt, jemanden, der versteht, wie viel Kraft in der Verbindung verborgen ist, jemand, der beharrlich danach strebt, dass das Kind das Beste aus sich herausholt.

Rita Pierson, Lehrerin (1952–2013)

Text: Azra Ljaic
Covergestaltung: Verlagshaus Schlosser
Umschlagabbildung: AdobeStock
Satz und Layout: Verlagshaus Schlosser
ISBN 978-3-96200-794-2
Druck: Verlagsgruppe Verlagshaus Schlosser
D-85652 Pliening • www.schlosser-verlagshaus.de

Printed in Germany

Vorwort

Das Buch von Azra Ljaić ist ihrem Sohn Adan und dem Kampf gegen Autismus gewidmet, es ist eines der seltenen elterlichen Zeugnisse, in denen mütterliche Tränen nicht das einzige Versprechen und die einzige Warnung sind. Ohne literarischen Anspruch und ohne die Absicht, große Wahrheiten zu vermitteln, hat Azra Ljaić ein intimes Familiendrama bezeugt, das sich am Ende in großartige Hoffnung und Glauben an das Leben verwandelt hat. Azra Ljaić-Pekaz zeichnete mit dem Instinkt einer Mutter jedes Zittern ihres Sohnes auf – sowohl äußerlich als auch innerlich – und übersetzte dieses Zittern in ihre eigenen Ängste, in endlose Stürze und gelegentliche Hoffnungen, die zu Triumphen werden.

Meine Aufgabe als Redakteur/Lektor war einfach – das Überflüssige zu verwerfen, das Notwendige vorzuschlagen, das Erzählte einzugrenzen und das Reduzierte zu erweitern. Ich hatte Angst vor einem Geschichtenerzählen, das meine eigene Erfahrung ignorieren würde, einem Geschichtenerzählen, das auf eitler und erbärmlicher Klage basiert, einem Geschichtenerzählen, das alles Authentische vergessen und zunichtemachen würde. Glücklicherweise ist das nicht passiert. Azra Ljaić schrieb beharrlich alles auf, und in diesem Stapel von Schriften musste nur das erkannt werden, was der Aufmerksamkeit des Lesers wirklich würdig war.

Es ist natürlich klar, dass Azras Buch hauptsächlich für diejenigen gedacht ist, die selbst mit den Problemen konfrontiert sind, die Autismus mit sich bringt. Azra Ljaić hat all diese Probleme klassifiziert und ihr Buch ist eigentlich ein Handbuch zum Autismus, ein Lehrbuch, das sicherlich keinen Universitätscharakter hat, aber alle Erscheinungsformen des Autismus besser beschreibt als viele wissenschaftliche Arbeiten, die sich dieser Störung widmen. Dies ist der erste, aber nicht der wichtigste Wert von Azras Buch.

Hinter dieser medizinischen Synthese und Analyse steht eine Mutter, die mit Herzblut geschrieben hat. Grenzenlose Mutterliebe und Tag- und Nachtangst pulsieren in ihren Sätzen. Diese Teile des Buches sind so ergreifend, wie das Leben selbst manchmal ergreifend sein kann, und gleichzeitig kommen sie dem, was der Höhepunkt kreativen Schaffens ist, am nächsten – der Poesie. Gewöhnlich und alltäglich wird Azra Ljaićs Handschrift als persönliches Drama wahrgenommen, in dem es keinen Platz für hochtrabende Phrasen gibt. Es gibt nur sie und ihn, Mutter und Sohn. Und die Liebe, über die der Dichter geschrieben hat, gewinnt fast nie, ist aber trotz allem unbesiegbar.

Goran Dakić, Journalist

Ein Buch das jeder lesen sollte

(Recension)

Ein Buch zu schreiben, das aus der Sicht eines Elternteils eines Kindes mit Autismus über Autismus spricht, war sicherlich eine große Herausforderung und viel größer als wir, die wir es vielleicht nicht verstehen, überhaupt annehmen können. Die Lektüre eines solchen Buches ist – so könnte man sagen – die Pflicht jedes Mitglieds der Gesellschaft, für das es selbstverständlich ist, dass es ein gewisses Wissen über und menschliches Verständnis für ein autistisches Kind, aber auch einen Erwachsenen mit Autismus haben sollte. Diese Verpflichtung gilt speziell für die Gesellschafter, d. h. Experten, die Teil des Systems sind, das für den maximalen Fortschritt von Kindern mit Entwicklungsstörungen verantwortlich ist.

Das Buch **Meine unsichtbare Geschichte** ist sehr verständlich geschrieben, für jeden Leser geeignet. Sein größter Wert besteht darin, dass die Autorin Mutter eines Kindes mit Autismus ist und dass es sich um eine authentische, persönliche Geschichte handelt, die das beste Handbuch und der kompetenteste Rat für alle Eltern von Kindern mit Entwicklungsstörungen sein kann. Nur ein Elternteil, der sich in einer ähnlichen Situation befindet, kann den anderen Elternteil eines Kindes mit Entwicklungsstörungen verstehen. Aber andererseits sollte das Nichtverstehen der Situation eines anderen kein Hindernis dabei sein, alle Einzelheiten der Funktionsweise der Familie eines Kindes mit Autismus und ihre wirklichen Bedürfnisse vollständig zu erfassen, damit die Gesellschaft die richtigen Antworten darauf geben kann.

Eltern von Kindern mit Autismus sollten dieses Buch unbedingt lesen.

Aus Sicht der Eltern ist es ein objektiver Vergleich zwischen dem, was jeder Elternteil eines Kindes mit Schwierigkeiten im Kampf mit einem unzureichend regulierten und trägen System erlebt – eine Gegenüberstellung der eigenen Kämpfe, Gefühle, Dilemmata und Nachprüfungen einerseits und der harten Realität auf der anderen Seite. Jeder Elternteil, der dieses Buch liest – und ich habe es selbst gespürt – kann mindestens eine Situation aus seinem Leben und dem Leben seines Kindes wiedererkennen und verstehen und sich fragen, mit welchen Herausforderungen und Problemen andere Kinder und andere Eltern konfrontiert sind. All diejenigen, deren Problem eine einfache erhöhte Temperatur ihres Kindes ist und das Dilemma, welchen Kindergarten sie wählen, die Frage, in welche (renommierte) Schule sie ihr Kind anmelden sollen usw., werden sich nach diesem Buch zumindest fragen, ob ihre Probleme es wert sind, dass ihnen so viel Sorgfalt und Gedanken gewidmet wurden.

Das Wichtigste bei der richtigen und professionellen Behandlung von Autismus ist die rechtzeitige Anwendung der Behandlung und die Einbeziehung der Eltern, d. h. die Einbeziehung der Eltern in eine aktive Rolle, d. h. Rolle des Therapeuten. Dieses Buch bietet allen Fachleuten, die mit Kindern im Spektrum des Autismus arbeiten, ein unschätzbares Bild der Herausforderungen und Dilemmata, mit denen Eltern konfrontiert sind. Aus den detailliert beschriebenen und chronologisch geordneten Situationen kann sich jeder Experte ein klares Bild von den Erwartungen der Eltern an professionelle Unterstützung, an Fachkräfte, an Einzelpersonen, an das System machen. Diese Systemunterstützung wird konkret beschrieben und ist meiner Meinung nach die wichtigste Botschaft des Buches – dass sich das System endlich ändern und an Kinder und Eltern anpassen muss und nicht umgekehrt. Hier zeigt ein deutliches Beispiel den ständigen Kampf der Eltern mit dem System in jeder Phase der kindlichen Entwicklung, aber auch die Abhängigkeit der gesamten Unterstützung des Kindes von den Eltern und der unmittelbaren Familie und nicht von der Gesellschaft, der Umwelt und dem System. Das ist die stärkste Botschaft dieses Buches, die keinesfalls unbemerkt bleiben sollte, denn diese schriftliche Erfahrung lässt sich sicherlich auf viele andere Mütter, Kinder und Familien „nachspiegeln".

Selmir Hadžić (Abteilung für Defektologen-Logopäden)

Morgen

Ich habe den Morgen immer geliebt.

Der Morgen ist der zarteste Teil des Tages.

Vor langer Zeit habe ich mir angewöhnt, nach dem Verlassen des Hauses zuerst in den Himmel zu schauen. Es war, als ob ich auf die Bestätigung wartete, weiterzugehen, vorwärtszugehen. Ich wusste schon damals, dass alles umsonst ist und dass zugleich nichts umsonst ist. An einem gewöhnlichen Tag kommt jemand auf diese Welt, jemand verlässt sie, andere erobern sie, andere erhalten Auszeichnungen und die weniger Glücklichen stoßen auf schreckliche Hindernisse. Tatsächlich beginnt alles wie ein gewöhnlicher Tag und dauert auch so lange.

Ich habe den Morgen immer geliebt, ja.

Ich wurde in einer kalten Bergregion geboren, umgeben von unberührter, rauer und unzugänglicher Natur. Meine Stadt liegt im äußersten Nordosten Montenegros, an der Dreifachgrenze zu Serbien und dem Kosovo. Die meiste Zeit des Jahres ist die Stadt mit Schnee bedeckt. Die Winter sind dort lang und kalt, und manchmal bedeckt der Schnee das Land so weit das Auge reicht. In der Nähe der Stadt gab es ein berühmtes Skigebiet, aber heute ist es für viele nur noch eine schöne Erinnerung.

Schnee hat meine Kindheit geprägt.

Noch heute erinnere ich mich an die Nächte, in denen ich mich hinausschlich, um den Schnee durch das Mondlicht rieseln zu sehen, endlos, magisch und unten ausgebreitet wie ein weißer Teppich, der mit glitzernden Funken geschmückt ist. Es sah aus wie ein verzauberter See, auf dem meine Schwester und ich manchmal spazieren gingen und über seine feste Oberfläche glitten, wobei unsere winzigen Füße winzige, fast unsichtbare Spuren auf dem weißen Element hinterließen.

Das kleine Holzhaus, in dem wir lebten, beheizt mit einem warmen Feuer, sah für mich aus und sieht immer noch aus, als wäre es auf einer weißen Leinwand verloren gegangen. Es erinnerte mich an diese alten Postkarten, die zu Weihnachten und Silvester verschickt wurden; alles sah genauso aus wie auf ihnen. Oder war ich war einfach jung und konnte fantasieren?

Das Leben in der Bergregion während des sechsmonatigen Winters und der Schneeverwehungen war nicht einfach und komfortabel. Die Schule war meilenweit entfernt. Wir verbrachten unsere Abende damit, den Schneefall zu beobachten, vorherzusagen, wie viel fallen würde, ob es auf den Straßen schneien würde und ob er es uns erschweren würde, zur Schule zu gehen. Die Alten wussten, was wir nicht wussten: Kleine Schneeflocken kündeten von echtem Niederschlag und große von kurzfristigem Schlechtwetter.

Unter diesen Bedingungen zur Schule zu gehen war nicht einfach. Manchmal drückte der Winter uns seine Spuren auf, weil wir leichte Kleidung trugen, die diesen Bedingungen nicht angepasst war. Wir hatten nicht einmal andere Kleidungsstücke, aber die Lust auf die Schule war größer als unsere „Ausrüstung". Wir liebten die Schule, sie war unsere Welt, unser Fenster, unsere einzige Gelegenheit, Kontakte zu knüpfen; sie war eine Quelle der Freude, eine Flucht vor der harten Arbeit, die uns zu Hause erwartete. Wir waren klein, aber wir hatten unsere Aufgaben und Pflichten: Wir trugen Wasser, brachten Holz, halfen auf den Feldern.

Unsere Mutter bedeutete uns alles, sie war unsere Ärztin, Lehrerin und Schneiderin. Sie schnitt uns die Haare, fuhr dann mit ihrer Hand durch unsere kurzen Haare und küsste unsere kleinen Köpfe. Wir mochten diese Frisuren nicht und lange Zeit beneidete ich die Mädchen, die ihre Haare in langen Pferdeschwänzen und Zöpfen trugen. Ich drehte mich zu jedem kleinen Mädchen mit langen Haaren um, sah zu, wie sie sich im Wind wiegten, und dachte daran, wie glücklich es sein müsste so lange Haare zu haben. Ich bewunderte alle

Mädchen, die rosa Schuhe, Schleifen im Haar und bunte Strampler hatten. Ich hatte nur kurze Haare, Turnschuhe und jungenhafte Klamotten.

Dort, in dieser kleinen Stadt, in diesem Schnee – ja, da bin ich geboren, mit diesem Schulweg bin ich aufgewachsen ...

Geburt

Es war März – ein verschneiter März –, als ich meinen Sohn zur Welt brachte.

Die Straßen waren voller nassem weißem Schnee, der wie Regen fiel. Er war schwer und klebte an Kleidung und Schuhen.

Wir gingen um den Ilidža-Platz herum. Leute kamen und gingen vorbei, ich schaute in alle Richtungen, mein Mann hielt mich am Arm fest. Wir aßen zu Abend und ich freute mich auf den morgigen Geburtstag meiner Tochter. Ich machte mir Sorgen darüber, wie ich die Gäste würde bedienen können, weil ich zugenommen hatte und Schwierigkeiten hatte, mich zu bewegen.

Der Abend war derselbe wie bei Adnas Geburt.

Die Schmerzen begannen gegen zwei Uhr nach Mitternacht.

Nach ein paar Stunden war alles vorbei. Mein Mann war im Flur und ab und zu hörte ich seine Stimme. Er befragte Ärzte, Krankenschwestern und Techniker. Er bat um Bestätigung, aber niemand wusste, was er ihm sagen sollte, ob ich das Kind zur Welt gebracht hatte und wie die Geburt verlaufen war.

Und ich, ich habe nur darauf gewartet, mein Baby weinen zu hören, aber es hat nicht sofort geweint.

Obwohl ich erschöpft war, richtete ich mich auf, um zu sehen, was passiert war.

Ich hörte auf zu atmen und sah den Arzt an, der das Baby umgedreht hielt, ihm auf den Rücken klopfte. Er klopfte, als hätte er einen Handschuh in der Hand. Das Baby begann mit einer leisen, leisen Stimme zu weinen, die immer lauter wurde.

Ich erkannte, dass mein Kind am Leben war. Ich dankte dem Himmel und wiederholte die beiden Sätze „Er lebt" und „Danke, Gott" von Sekunde zu Sekunde.

Ich weinte, aber die Tränen verbrannten mich nicht. Es war das Salz der Erleichterung, der Freude und des Glücks. Ich legte mich wieder hin.

Mein Sohn lag bald in meinen Armen. Ich berührte seine Wange und suchte seine Wärme.

Nach zehn Minuten traf er seinen Vater, aber auch seinen Onkel, meinen Bruder.

Die Waage zeigte 4,85 Kilogramm und das Maßband 53 Zentimeter an.

Alle Befunde waren in Ordnung, aber ich machte mir Sorgen um sein Gesicht, das sowohl gelb als auch schwarz war. Seine Nase war platt gedrückt, als hätte ihn jemand geschlagen.

- Er ist so hässlich! Das wird nicht so bleiben, oder? - dachte ich, aber diese Gefühle verschwanden hinter der Freude darüber, nach Hause zu gehen ...

Ich kam von der Entbindungsstation und spürte die ganze Schönheit des Hauses!

Ich wickelte meinen Sohn auf dem breiten Bett aus, untersuchte ihn, zog ihn um, cremte ihn ein, küsste jeden Teil seines winzigen Körpers, roch an ihm.

Nichts fiel mir damals schwer: Ich stand früh auf, kümmerte mich um ihn, fütterte ihn, badete ihn.

Die Genesung ging viel schneller voran als nach der ersten Geburt. Da es mir von Tag zu Tag besser ging, wollte ich bald mit ihm spazieren gehen.

Wir haben nicht 40 Tage auf die „Babinja" gewartet, um spazieren zu gehen. Ich konsultierte die uns besuchende Krankenschwester, die mir sagte, dass es dem Baby nicht schaden könne, wenn wir das Haus verließen, und ich konnte es kaum erwarten, meinen Sohn der Welt und die Welt ihm vorzustellen! Damals war die erste Frühlingssonne warm und die Parks waren voller Kinder.

Er bekam den Namen Adan.

Ich hatte mir seinen Namen schon lange, bevor er überhaupt in meinem Bauch war, ausgedacht, in einer Zeit, während er nur in meinen Vorstellungen anwesend war und bevor er überhaupt geboren wurde. Kein Name passte zu meiner Liebe und meinem Wunsch, er möge sich von den anderen abheben. Er wurde am selben Tag wie seine Schwester geboren und das war für mich Zeichen genug. Ich entschied, dass sein Name dem Namen seiner Schwester ähneln sollte und so war die Entscheidung gefallen – er würde Adan heißen. Später fand ich heraus, dass dieser Name den schönsten Teil des Gartens im Paradies bezeichnet.

Ich stellte mir die beiden vor, Bruder und Schwester, mein Sohn und meine Tochter, wie sie sich einst, nach Jahren und Jahren der Gemeinsamkeit, an ihre Kindheit erinnern würden, gerade so, wie ich mich heute an meine erinnere. Wie sie sich an all die Feste und Geburtstage erinnern würden, wie sie sich an die Kerzen auf den Kuchen und die erhaltenen Geschenke erinnern würden. Ich stellte mir vor: Egal, wie weit das Leben sie voneinander trennte, egal, wie unterschiedlich ihre Wege waren, und egal, wie unterschiedlich ihre Schicksale waren – sie würden immer diese Tage, diese Geburtstage und diese Erinnerungen haben: Sie werden immer diesen einen Tag haben, an dem sie nur sich selbst gehören werden ...

„Gelbe" Tage

Während meiner zweiten Schwangerschaft habe ich zu viele langweilige und traurige Geschichten über die Eifersucht des ersten Kindes gehört. Sie erzählten mir, dass das erste Kind das zweite nicht mag, berichteten über die Probleme, die es gibt, über Verletzungen, die bei Kinderspielen ganz „zufällig" auftreten können. Ich hörte zu, aber ich glaubte es nicht und konnte den Moment kaum erwarten, in dem sie Bekanntschaft miteinander schlossen.

Meine Tochter freute sich über die Geburt des Babys und zeigte es jeden Tag auf die ungewöhnlichste Art und Weise: Sie stellte die Schuhe im Flur immer wieder neu zusammen, versuchte sie in Ordnung zu halten, prüfte ein Dutzend mal, ob sie ihren kleinen „Job" gut gemacht hatte, sie hat alles gescannt, was das Baby stören könnte. So zeigte sie damals ihre kleinen, süßen Bemühungen. Sie sah ihn ständig an, beobachtete, bedeckte ihn. Sie gab nicht nach, wenn das Baby schrie; beim ersten Anzeichen von Schluchzen rannte sie zu mir und bat mich, Adan in meine Arme zu nehmen ...

Ich habe immer wieder erklärt, dass alle Babys weinen, dass es nicht schlimm ist, dass es sein muss, dass Tränen eine Möglichkeit für ihn sind, mit mir zu sprechen, mir zu sagen, wenn er Hunger hat und wenn ihn etwas stört ...

Zuerst hatte sie Angst, ihn zu berühren, und danach hat sie das Stillen sehr überrascht ...

- Mama, habe ich auch so Milch getrunken?
- Das hast du, Baby, und das vor nicht allzu langer Zeit!
- Aber das brauche ich nicht mehr, ich esse zu Mittag! Er auch!
- Natürlich erst, wenn er etwas mehr wächst ...

Das ganze Haus roch nach Bädern und Ölen, wir stolperten über Kinderspielzeug ...

Adan aß und schlief und Adna und ich kümmerten uns gerne um ihn.

Nur ein kleiner Teil dieses perfekten Mosaiks war falsch, nur ein Teil verdarb das Bild einer Familienidylle – Adan hatte eine physiologische Gelbsucht, die hartnäckig war und unsere Tage langsam auffraß. Er war wachsgelb und die vergehenden Tage halfen nicht weiter – die Gelbfärbung war hartnäckig, und bald gingen wir zum Arzt. Die Nadel fand eine kleine Vene, und das Laborpersonal fand den dreifachen Bilirubinspiegel. Trotzdem gebe es nichts zu befürchten, sagte uns der Arzt. Der Rat war klar: Stillen Sie weiter, erhöhen Sie die Einnahme von D3-Tropfen, lassen Sie so viel natürliches Licht wie möglich auf die weiche Haut und „beobachten Sie den Zustand" ...

Die Tage vergingen, Adan wurde leichter, wir spazierten dauernd umher, jeden Tag stellte ich mir ihn vor, wie er aufwuchs. Ich stellte ihn mir auch im Meerwasser vor ... Die Gelbsucht ging vorüber, und ich wartete mit einem leicht ungeduldigen Zittern auf die erste Vorsorgeuntersuchung und Impfung ...

Krampf

Das Wartezimmer war voller Eltern.

Zwischen ihnen herrschte Aufregung und Besorgnis.

Gespräche gingen weiter, dann brachen sie ab, dann wurden sie fortgesetzt ...

Sie vertrauen einander bisherige Erfahrungen, neue Möglichkeiten und erste Ängste an ...

Alle sind in großer Vorfreude ...

Ich war es auch, neben Adan, mit einem unerklärlichen Krampf, der mir den Bauch zuschnürte ...

- Kommen Sie bitte herein, die Ärztin wartet auf Sie! - Die Krankenschwester hat uns kurz nach der Ankunft aufgerufen.

Wir betraten die Arztpraxis. Die Ärztin sagte uns, wir sollten es dem Baby bequem machen, es nur in einer Windel lassen und es auf einen Tisch in der Nähe legen ...

Sie kam vorbei und untersuchte meinen Sohn eingehend. Ohren, Hals, Nase, Augen, Wirbelsäule, Hüften, Gelenke ...

- Soweit ich sehen kann, ist die Gelbsucht vorbei. Das Baby entwickelt sich hervorragend, er hat auch zugenommen. Stillen Sie?

- Ja, ich gebe ihm nichts außer manchmal etwas Wasser - antwortete ich.

- Weiter so. Er braucht nichts als Milch, aber geben Sie ihm manchmal Wasser, besonders bei heißem Wetter. Ich werde der Krankenschwester sagen, dass sie den Impfstoff vorbereiten soll ...

Ich war glücklich, ich war erleichtert, ich wusste nicht, mit wem und wie ich mein Glück teilen sollte, sofort, jetzt, in diesem Moment ... Endlich konnte ich durchatmen, mich entspannen, nach Hause kommen, die Mutterschaft genießen, mein Baby überall hintragen und allen präsentieren ...

Die Ärztin setzte sich an den Schreibtisch und trug Daten in Adans Akte ein.

Sie sah ihn zwischen zwei Einträgen an, ließ dann plötzlich ihren Stift fallen und fragte:

- Seit wann wackelt Ihr Sohn so mit dem Bein?

Mein Mann und ich sahen uns an.

- Wovon reden Sie, wir verstehen sie nicht? - fragten wir.

Sie stand schnell auf, näherte sich Adan, hob beide Beine hoch, und dann bemerkten wir alle – sie noch einmal und mein Mann und ich zum ersten Mal – das Zittern seines Beins, als es herunterkam ... Es sah so aus, als hätte er nicht genug Kraft, um es zu halten, als ob ihm kalt wäre.

Ich packte das Ende des Tisches mit meiner Hand. Ich versuchte mich zu sammeln, Frieden und Sätze zu finden ...

- Doktor, was ist mit meinem Sohn los? Was ist los, Doktor, bitte sagen Sie mir, was los ist! - Ich wiederholte immer und immer wieder ein und dieselbe Frage.

- Beruhigen Sie sich, vielleicht ist alles in Ordnung - beeilte sie sich zu erklären.

- Ein solches Zittern tritt aufgrund eines Mangels an bestimmten Vitaminen, reduziertem Zucker und möglicherweise einer Dehnung des Beinmuskels während der Geburt auf. In seltenen Fällen kann es auch das Ergebnis eines unzureichend entwickelten Gehirns sein ... Wir dürfen ihn nicht impfen, bis wir alle notwendigen Tests durchgeführt haben. Ich möchte nicht, dass wir etwas verpassen, uns zu sehr entspannen, dies als Zufall ansehen. Wir müssen sicher sein, dass alles so ist, wie es sein sollte - sagte die Ärztin, mit Begründungen und Erklärungen fortfahrend, und von allem, was sie sagte und sagen würde, blieb mir nur ein Satz, der mir wie eine heiße Ahle in den Magen fuhr: unzureichend entwickeltes Gehirn!

Ich schrie vor mich hin, ich fühlte mich wie von einem Schnellzug überfahren, eine schockierende Erkenntnis drückte auf meinen Kopf und füllte meine Ohren mit einem unerträglichen Summen, meine Hände suchten nach einer Stütze für meinen Kopf, fanden aber keine. Die Ärztin sprach, ich hörte ihr zu, aber ich hörte nicht.

Ich zog meinen Sohn an und eilte mit ihm nach draußen, um frische Luft zu schnappen. Mein Mann rief mich an, rief mir zu, ich solle auf ihn warten, aber ich konnte nicht, ich hatte es eilig und rannte fast. Ich fand eine Birke in der Nähe und eine Bank darunter. Ich setzte mich hin und starrte ins Nichts, auf den leeren Raum vor mir und hinter mir, über mir und unter mir ...

Ich habe nicht geweint, ich konnte nicht weinen.

Die Tränen fingen an, nachdem mein Mann sich neben mich gesetzt hatte und zu weinen anfing.

Es war viel Schmerz in den ersten Tränen, in Tränen, die schwer zu stoppen waren und die wie geschmolzenes Blei im Gesicht brannten. Ich habe lange gewartet, um sie gehen zu lassen, und dann packte ich all den Schmerz, all die Vorahnungen, die zu diesem Schmerz geführt haben, den ich nicht überwinden konnte, beim Schopf. Mein Mann war der Erste, der sich wieder beruhigte, also bat ich darum, sofort in die Kinderklinik zu gehen. Ich konnte nicht einen halben Tag oder eine Stunde länger warten.

Ich war wieder im Korridor, es waren wieder andere, fremde Menschen um mich herum und ich hatte wieder einen Magenkrampf, aber diesmal viel stärker, erbarmungsloser und heftiger. Hinter mir sprach eine Frauenstimme von einer Zyste im Gehirn ihres Kindes, vor mir saß eine andere Mutter mit einem älteren Jungen, der hin- und herschaukelte, als würde er auf einer unsichtbaren Schaukel sitzen ... Ich wurde aus meinem Alptraum von der Stimme einer Krankenschwester aufgeweckt, die wie die vorherige wissen wollte, ob wir zu einer Untersuchung gekommen seien und ob wir sie schon früher geplant hätten. Ich antwortete mit meinem Kopf. Und während mein Mann mit dem Baby in die Arztpraxis eilte, zog ich meine Füße aus dem Treibsand, in dem sie zu stecken schienen. Ich wollte hineingehen und hören, was der

Arzt zu sagen hatte, aber gleichzeitig erstickte ich vor panischer Angst angesichts der Möglichkeit einer harten und unerwarteten Wahrheit.

Die Ärztin, deren Jugend mich noch mehr verwirrte und erschreckte, legte das Papier und den Bleistift weg und versuchte mir mit einem Lächeln meinen Unglauben und meine Zweifel zu nehmen. Ich machte es dem Baby, das durch das Hin-und–Her-Wälzen schon wach war, schnell bequem und die junge Ärztin begann sofort mit der Untersuchung. Erst untersuchte sie die Augen, dann die Haut, und dann hob sie ein Bein, dann das andere, das beim Absenken immer noch zitterte und zitterte. Sie drehte Adan auf den Bauch, fuhr mit den Fingern mehrmals über sein Rückgrat, legte dann seinen Kopf auf die linke, dann auf die rechte Seite, während sie mir Fragen über Schwangerschaft und Geburt stellte.

- Ja, Ihr Baby hat ein sichtbares Zittern der unteren Gliedmaßen und des Kiefers, aber es ist nicht schlimm. Das Gehirn Ihres Sohnes ist noch nicht ausreichend entwickelt, aber das wird er im Wochenbett, also in den ersten Lebensmonaten, spätestens im ersten Lebensjahr wieder wettmachen. Das begegnet uns oft, keine Angst. Der Tremor wird allmählich nachlassen, wenn sich das Gehirn des Kindes entwickelt und reift - sagte die Ärztin.

Ich habe ihr zugehört, ich habe nach einem Lächeln in mir gesucht, ich wollte sie küssen, sie umarmen, ihr danken, dass sie zwei Leben gerettet hatte - das Leben meines Sohnes und meines, zwei Linien, die parallel zueinander verlaufen und ohne einander nicht auskommen können, zwei Ströme, die untrennbar sind, zwei Schicksale, die dasselbe durchmachen.

Sie lachte, blieb aber gleichzeitig ernst:

- Trotzdem werden wir alle Befunde machen, die Ihr Kinderarzt verlangt hat, um alle Zweifel auszuräumen und Sie zu beruhigen. Schließlich muss der Befund gemacht werden, wenn man das Baby impfen will ...

Die Fesseln, mit denen ich die Arztpraxis betrat, verwandelten sich in Flügel. Ich ging mit ihnen nach Hause. Mit ihnen und mit meinem Sohn.

Die Tage nach der Untersuchung schienen chaotisch zu sein. Ich lag da und Adan lag neben mir auf dem Kissen. Ich sah ihn an und streichelte seinen Kopf und nur manchmal fühlte ich eine hohe Spannung, die meinen Körper erschütterte. Dies geschah in der Regel, wenn ich mich an die ursprüngliche Diagnose und meine daraus entstandene Angst erinnerte. Die Tage vergingen wie aus Gewohnheit, aber die Nächte waren schrecklich. Die Fragen kamen heftig, aggressiv, eine nach der anderen griffen sie mich an, obwohl ich mich verteidigte, sie von mir wegdrängte: Was, wenn die erste Diagnose stimmt? Was, wenn er sein ganzes Leben lang gelähmt ist, wenn er wie eine Pflanze lebt? Was ist, wenn er behindert ist? Was ist, wenn er nicht sprechen, trinken und essen kann? Die Tränen linderten den Schmerz zwar, aber nicht genug. Ich betete oft und viel, aber auch das half nichts. Alles blieb im Dunkel einer schwarzen Vorahnung stecken ...

Meine Tochter machte den Tag hell und licht. Ich beobachtete sie stundenlang und suchte nach einem Gleichgewicht zwischen ihrem unschuldigen kindlichen Spiel und meinen Ängsten. Ich sah sie stundenlang an, und dann sah ich Adan an, und das ruinierte meinen Tag, meine Woche, meinen ganzen Monat. Sein Tremor ging Hand in Hand mit meiner Trauer, sie waren wie Bruder und Schwester; deshalb fing ich an, ihm aus dem Weg zu gehen, ihm nicht genug Aufmerksamkeit zu schenken. Manchmal wollte ich ihn nicht einmal umziehen. Das Zittern seines Beins vertiefte die Wunde in meinem Bauch, die er verursacht hatte, und das unsichtbare Messer fuhr fort, sich darin herumzudrehen. Das schlechte Gewissen war da, ja, aber ich konnte mich ihm nicht entziehen. Mein Sohn war schön, wirklich schön, und mich, seine Mutter, störte jeder schwarze oder rote Fleck auf seiner Haut; ich konnte nicht anschauen, was ich nicht wegmachen konnte, wegwischen, -waschen konnte, und der Tremor war da, egal wie sehr ich davor weglief ...

Die folgenden Abende verbrachten wir mit dem mürrischen Sebastian und der hinreißenden Arielle. Wir haben mit ihnen gelacht und gesungen, aber wir wussten in unserem Innersten, dass wir Tage erwarteten, wie die, die vergangen waren, ja, vielleicht sogar noch schwieriger:

Wir wussten, dass neue Ängste und neue Hoffnungen vor uns lagen ...

Ergebnisse

Die Tage vergingen wie im Flug.

Zuerst eine Blutabnahme.

Sie suchten nach Zucker, dann Mineralien, dann Erythrozyten, Hämoglobin, Leukozyten, Lymphozyten ...

Ich wollte nicht, dass mein Sohn von irgendjemandem außer mir festgehalten wird und alle anderen ihn halten. Ich wollte nicht, dass sie ihn jeden Tag, jeden zweiten Tag, jeden dritten Tag jemand mit der Nadel sticht, aber sie taten es. Ich wollte nicht an den Stress denken, dem er bei jedem, auch nur dem geringsten Kontakt der Nadel mit seiner Haut ausgesetzt war, aber ich dachte ständig daran.

Schlafe mein Sohn, mein Söhnlein
In den Wäldern, wo sich Wölfe vermehren ...
Die Biene hat dich mit Honig gestillt,
weiße Feen haben dich in Seide gewickelt ...

Ich sang für ihn, und er berührte meine Haut mit seinem kleinen Arm und seinen kleinen Fingern, auf denen Pflaster waren, und suchte nach Sicherheit. Alle kleinen Finger waren aufgestochen, also hielt er seine kleine Hand gebeugt, und ich streichelte ihn darüber und flüsterte, dass alles schnell vorübergehen wird. Die ersten Ergebnisse kamen schnell: Das Blut war hämoglobinisiert, es war nicht genug davon vorhanden, und wir mussten die Ergebnisse wiederholen. Die Befunde aller Vitamine, Zucker und Enzyme waren schließlich in Ordnung; alles war normal oder im normalen Bereich. Es folgte das Scannen des Kopfes, und davor hatte ich am meisten Angst. Aber alles war gut: Nach der Bildgebung sagte der Arzt, dass es keine Veränderungen im Gehirn gab. Aber unsere Erleichterung wurde bald von einer neuen Angst abgelöst ...

- Es tut mir leid, aber das ist nicht das Ende. Sie müssen auch einen Gehirnultraschall machen. Es ist der wichtigste Befund, viel wichtiger als CT. Wenn dieser Befund stimmt, ist es sehr wahrscheinlich, dass mit dem Baby alles in Ordnung ist - sagte der Arzt.

- Muss das sein, ist das nötig? - fragte ich.

- Er muss. Dieser Befund bedeutet nicht viel ohne ihn. Euer Facharzt braucht es doch unbedingt.

Die Unruhe kehrte wieder zurück.

Ein weiterer Befund? Wieder warten? Wieder diese Ungewissheit?

Werden wir jemals zur ultimativen Erforschung des Gehirns gelangen?

Wird irgendjemand daraus schließen, dass sich das Gehirn meines Babys richtig entwickelt?

Wir verbrachten Tag für Tag in der Kinderklinik. In allen Kliniken herrschte Gedränge; die Wartezimmer waren voller Kinder und verzweifelter Eltern. Neben mir saß eine verzweifelte Frau – ich fühlte mich nicht besser als sie, ich schien nur meine Fassung zu bewahren. Ich weiß nicht einmal, wie wir das Gespräch begonnen haben, aber wir fingen an zu reden. Sie erzählte, wie sie während der Schwangerschaft herausfand, dass etwas mit dem Fötus nicht stimmte, dann zeigte der Ultraschall eine Deformierung der Wirbelsäule und eine Zyste im Gehirn. Sie wollte nicht abtreiben, die Ärzte antworteten ihr, sagten ihr, sie sei verrückt, versicherten ihr, niemand könne vorhersagen, ob mit dem Baby alles in Ordnung sei und welche Missbildungen es haben werde. Noch schlimmer erging es ihr bei der Geburt.

- Hast du gesehen, was du geboren hast? Wussten sie, was du ausgetragen hast? Haben sie es dir nicht gesagt? - schrien die Hebammen sie an.

- Wie konnten sie mir das sagen? Die Wahrheit ist, dass ich es wusste. Aber wie konnte ich mein Kind aufgeben? Ich habe fünfzehn Jahre auf ihn gewartet und jetzt sollte ich ihn töten? Niemand hat das Recht, mich zu verurteilen und zu beschuldigen. Ich habe ihn geboren und ich kämpfe für ihn. Bislang wurde er dreimal operiert. Sie sagten mir, dass er nichts essen und ich ihn nicht stillen könne, aber sie irrten sich! – Die unbekannte Frau redete und ich dachte darüber nach, was ich tun würde, wenn ich an ihrer Stelle wäre. Würde ich auf das Herz hören als ein Elternteil oder auf die medizinische Seite?

Ich habe mir einen Gehirn-Ultraschall als eine Art komplizierte Prozedur vorgestellt, aber eigentlich war alles ganz einfach: Der Arzt schmierte den Kopf meines Sohnes ein, nahm das Gerät und fuhr sanft über die Fontanelle des Babykopfes.

- Doktor, ist alles in Ordnung? Siehen sie etwas Ungewöhnliches? – Ich habe gleich mit den Fragen angefangen.

- Nein, so weit ist alles in Ordnung. Warten Sie, bis ich fertig bin.

- Ich kann mich nicht beruhigen. Minuten sind für mich wie Jahre.

- Ich weiß, aber ich kann nichts sagen, bevor ich die Untersuchung beendet habe - sagte er.

Und dann, nach ein paar Minuten, gab er sein endgültiges Urteil ab: Ich sehe nichts Ungewöhnliches. Keine Blutungen, keine Zysten. Es gibt nichts, was von der normalen Gehirnentwicklung abweicht.

- Bedeutet das, dass es dem Baby gut geht, dass alles in Ordnung ist? – Ich habe immer wieder Fragen gestellt.

- Ich weiß nicht, wie Ihre anderen Befunde sind. Wenn sie in Ordnung sind, dann haben Sie kein Problem. Dieser Befund ist ordentlich. Sie erhalten alles schriftlich, sowie den Ultraschallbefund des Gehirns.

Ich sammelte meine Sachen zusammen und ging hinaus auf den Korridor. Mein Mann wartete auf mich. Mein Lächeln war die Antwort auf all seine Fragen. Er umarmte mich über die Babytrage hinweg, er umfasste mich und das Baby in einer Umarmung.

An diesem Tag habe ich zum ersten Mal gegessen.

Endlich habe ich die Blumen gegossen. Ich bat sie, mir zu verzeihen, dass ich sie nicht früher gegossen hatte, dass ich sie so leiden ließ, wie ich litt, dass ich sie wie mich auch austrocknen ließ. Ich habe auch das lang angesammelte Chaos im Haus aussortiert. Ich begann. Ich habe die

Hausarbeiten genutzt, um meinen Groll, aber auch die Angst vor künftigen Prüfungen zu vertreiben. Ich vergaß, dass ich glücklich bin, dass ich lebe und gesund bin, dass ich gehe, sehe und höre, dass ich liebe und dass ich geliebt werde. An diesem Tag aß ich zum ersten Mal.

Alle nachfolgenden Befunde waren normal. Wir gingen mit ihnen erneut zu einer Untersuchung in eine nahe gelegene Klinik für Neuropädiatrie, aber statt Trost erhielten wir eine neue Überweisung. Diesmal mussten wir einen Monat auf die Untersuchung warten. Mein Mann war wütend, aber mich hat es nicht gestört, denn ich brauchte eine Pause von den Wochen zuvor, vom ständigen Laufen von Orthopäde zu Orthopäde, von Hausarzt zu Facharzt.

Adan machte Fortschritte. Er betrachtete die Welt um sich herum, lächelte ein wenig und drehte sich bei meiner Stimme um. Er hatte immer noch das Zittern, das mir manchmal den Tag ruinierte. Glücklicherweise hoben die Verpflichtungen die aktuellen Sorgen auf und lösten die Magenkrämpfe der Mutter. In Momenten seltener Gleichgültigkeit erinnerte ich mich an eine Mutter, die sich oft bedankte, denn sie glaubte, dass alle ihre Kinder normal seien. Erst jetzt verstand ich, was sie damit meinte. Ihre Angst wurde zu meiner Angst.

Der Tag der letzten Überprüfung kam bald.

Wir haben wie immer unendlich lange gewartet.

Endlich kam die Ärztin. Sie wandte sich an uns, die wir im Korridor warteten, und sagte:

- Lassen Sie Eltern mit kleinen Babys zuerst eintreten!

Ich konnte Adan nicht ausziehen, weil meine Hände zitterten. Eine Krankenschwester hat es für mich gemacht. Der Ärztin bestand darauf, dass ich reinkomme, aber ich weigerte mich. Ich sagte, ich sei erschöpft, aber ich würde mich gut fühlen. Sie drehte mein Baby um, sah es von allen Seiten an, rief es, legte ihren Finger auf die linke, dann auf die rechte Seite und sagte dann in ruhigem Ton:

- Ja, es ist offensichtlich, dass er einen Tremor in seinen unteren Extremitäten hat.

Sie drehte das Baby auf den Bauch und drückte mit ihren Handflächen entlang der gesamten Wirbelsäule auf seinen Körper. Sie drehte seinen Kopf mal nach rechts, mal nach links, streckte seine Beine aus. Sie sagte nichts, und irgendwann verlor ich vor Anspannung das Bewusstsein. Ein paar Tropfen Wasser und mein Bewusstsein war wiederhergestellt, aber ich musste nach draußen gehen

- Kannst du alleine? - fragte der Ehemann.

- Ich kann - antwortete ich.

- Gehe und sehe, was mit Adan passieren wird. Mach dir keine Sorgen um mich, mir geht es besser, sobald ich hier rauskomme.

Ich ging nach draußen und schaute in Richtung Stadt. Ich drehte mich zur Tür der Klinik und wartete auf den entscheidenden Moment, ich wartete auf den Moment, in dem sie mir sagen würden, ob mein Leben so normal weitergehen würde wie bei allen anderen oder ob ich immer noch zu einem Leben voller Schmerzen verdammt wäre.

Endlich erschien mein Ehemann. Er trug unser Baby in einer Hand und mit dem Daumen der anderen deutete er nach oben, um den Sieg zu zeigen. Der Schmerz verließ mich, die Müdigkeit, Albträume und Ängste verschwanden endlich.

Daheim

Wir näherten uns Berane.

Ich kannte diesen Weg ... Bald würde ich nach Hause gehen, die Wärme des Ofens spüren, der meine Handflächen wärmen würde, ich würde mich an meine Mutter erinnern, die immer warme Socken gestrickt hatte, und ich würde meinen Vater hören, der uns sofort zum Tisch fahren wird.

Wir gingen zu mir nach Hause, weil wir alle eine Pause brauchten. Ich wollte die vergangenen Tage vergessen und wieder Ruhe finden.

Wir haben Adan nach all den Untersuchungen impfen lassen, dann auch noch einen Ultraschall der Hüften machen lassen und sind erleichtert nach Hause gegangen.

Ich war das dritte Kind in einer siebenköpfigen Familie. Es war schon immer alles im Haus – Geschichten, Lieder, Gäste, Lärm, Streit. Alles außer Stille. Zuerst war diese Unruhe eine Last, wegen ihr wollte ich von zu Hause weglaufen und kehrte später dorthin zurück in der Hoffnung, sie dort wiederzufinden. Ein volles Haus ist Reichtum und ein leeres Haus ist Traurigkeit – unsere Ältesten wussten es gut.

Diesmal war es nicht anders; meine Schwestern warteten mit ihren Kindern auf uns, mein Vater wartete auch auf mich. Wir kamen im Winter oder Sommer. Wegen Arbeit, Verpflichtungen und Schule kam auch meine Familie im Winter. Ich arbeitete in einer Baufirma und hatte im Sommer „Saison". Diesmal war es jedoch anders ... Wir kamen im Hochsommer. Überall breitete sich der Duft von Blumen aus, alles stand in voller Blüte, alles war grün und bunt, die unberührte Natur meiner Heimat fesselte und verzauberte mich. Vor uns lagen Wiesen mit einem halben Meter hohem Gras und darauf – Schmetterlinge, Marienkäfer, Bienen ... Außer Vögeln, Zwitschern und Kinderfragen war draußen nichts zu hören:

- Pass auf, Adna, sie stechen! Sie kann dich erstechen! Und es tut sehr weh!

- Und warum, Tante Refika? Warum sollten sie mich erstechen? Lass sie andere erstechen ...

- Aber du bist süß und sie mögen süße Mädchen ...

- Woher weißt du das?

- Sie flüsterte mir das zu!

- Tante, dann sag ihr, sie soll mich nicht stechen ...

Ich lachte über dieses aufrichtige Kinderspiel. Alle waren da. Nur Mama fehlte.

Schon vor meiner Mutter waren Menschen gestorben. Aber bei ihrem Tod sahen wir uns zum ersten Mal mit einem Verlust konfrontiert. Niemand weiß, was der Tod ist, bis jemand unter seinem Dach stirbt, jemand, der die Tür des Hauses öffnet und schließt. Mein Haus hatte nach dem Tod meiner Mutter andere Gerüche und Farben. Ich behielt lange Zeit ihre Haarspange und den Pullover, den sie liebte; sie kam nie zurück, um sie zu holen, aber ich habe sie nie weggeworfen. Jeder Regen, der fiel, tat mir lange weh, weil ich dachte, dass sie draußen war, allein, ohne Schutz, im Platzregen, unter dem Blitz ... Da war eine Leere, die von ihrer Abwesenheit dumpf widerhallte, aber ich musste weitergehen, ich musste vorwärtsgehen ...

Endlich fing ich an, meinen Sohn beim Vornamen zu nennen. Er war fünf Monate alt. Er lachte und gurrte. Auch begann er sich umzudrehen. Er lag auf seinem Rücken und schaute auf die Wolken, drehte sich auf seinen Bäuchlein und sah sich um nach den Wiesen, Blumen und Tieren. Er weinte nur, wenn er Hunger hatte und wenn ihm heiß war. Er griff nach jedem ausgestreckten Finger und jedem Spielzeug. Er versuchte aufzustehen, kämpfte ständig mit dem, was in seiner Nähe war, und als Baby schlug er sich manchmal unachtsam mit einem härteren Spielzeug auf den Kopf.

Er war der Erste, der aufwachte. Großvater folgte ihm. Ich fütterte ihn, wechselte seine Kleidung, und dann machten die beiden einen frühen

Morgenspaziergang. Am Morgen war es in den Bergen immer frisch. Obwohl es Sommer war, konnte man ohne Jacke oder dickeren Pullover nicht spazieren gehen. Bei seiner Rückkehr kuschelte er sich an mich und das warme Bett, und seine Nase war kalt, als wäre draußen Winter.

Es gibt keine Bewegungseinschränkungen auf dem Land, keine Ampeln, keine Autos. Auf dem Land gibt es nichts, was einen Mann zurückhalten kann. Als Kind war ich traurig, dass ich auf dem Land geboren wurde, weil ich mir vorgestellt habe, dass Kinder in der Stadt viel mehr Spaß haben. Ich glaubte, dass sie tatsächlich alltägliche Abenteuer wie in den Serien erleben, ich dachte, das Leben auf dem Land sei eintönig. Früher träumten wir davon, dass eines Tages ein Flugzeug in unserem Dorf abstürzen würde, dass ein Komet einschlagen würde, dass Aliens kommen würden. Wir sind jeden Tag kilometerweit gelaufen. Wir kamen wie auch andere Dorfkinder nur zum Schlafen ins Haus zurück. Wir haben uns nicht viel um unsere Eltern gekümmert, aber um alles andere schon.

Je mehr ich das Leben in der Stadt kennenlernte, desto weniger gefielen mir ihre Gesichter, der Schein der Möglichkeiten der Stadt und die duftige Idylle, die die Vielfalt versprach. Ich sehnte mich nach dem Leben auf dem Land zurück, nach ländlicher Einfachheit, Ruhe und Geborgenheit, die ich in der Großstadt von Tag zu Tag weniger hatte.

Adna wurde bald zum Liebling des Dorfes. Sie war nicht schüchtern, wie die meisten Kinder aus dem Dorf, und das hat schnell viele Nachbar Herzen erorbert, und einer von ihnen sagte, dass sie „viel besser spricht als sein Sohn, der Literaturprofessor sei". Die Bergluft und das lokale Essen verbesserten den Appetit der Kinder, Adan erlernte jeden Tag eine neue Fähigkeit und ich wünschte, wir könnten so lange wie möglich auf dem Land bleiben. Adan setzte sich hin, wehrte sich mit den Beinen, krabbelte und wir mussten ihn alle im Auge behalten, damit er nicht irgendwo ausrutschte, sich verirrte oder verletzte. Ich hatte Angst, als ich ihn rückwärts kriechen sah, aber meine Schwester zerstreute alle Ängste:

- Hasst du wirklich nicht gehört, dass Babys zuerst rückwärts krabbeln und erst dann vorwärts?

- Nein,wirklich nicht. Ich kann mich nicht erinnern, das irgendwo gelesen zu haben!

- Du hast nicht die richtigen Bücher gelesen. Jeder weiß das.

- Ich glaube, du hast recht. Ich sehe ihn immer noch durch den Schatten dieses Tremors an.

- Lass es bitte! Ich habe noch nie ein gesünderes und glücklicheres Kind gesehen als ihn!

Ich träumte von dem Tag, an dem er gehen würde, an dem er auf seinen Füßen stehen würde und an dem er die Weichheit des Grases auf dem Land, die Wärme der Erde und das Brennen der Stoppeln unter seinen weichen Babyfüßen spüren würde. Sein ganzer Körper verhärtete und stärkte sich. Es schien mir, dass das Zittern verschwand und dass diese unwillkürlichen Bewegungen immer weniger wurden, aber sie waren immer noch da. Sie kamen meistens zurück, wenn er schlief, dann zitterte sein Bein plötzlich. Manchmal legte ich seine Sohle auf meine Handfläche und dann fühlte ich dieses Zittern.

Die Heimkehr stand bevor und mich packte die alte Angst. Ich hatte Angst, dass bei meiner Rückkehr wieder etwas Schlimmes passieren würde; dann würde ich mich davon überzeugen, dass der Weltraum und die Stadt nicht für das Problem von mir und für Adans Zittern verantwortlich wären. Am Ende wurde mir klar, dass ich einfach nur traurig war, dass wir das Dorf verließen.

Meine ältere Schwester erinnerte mich immer wieder daran, dass ich mir zu viele Sorgen machte, aber sie machte mir keine Vorwürfe, weil sie über all meine Ängste Bescheid wusste und weil ihr klar war, dass es Zeit braucht, bis sie vergehen. Sie versicherte mir jeden Tag, dass alles gut werden würde, sie erklärte mir, dass Mutterschaft eigentlich ein anspruchsvoller Job ist, dass viele Frauen nicht wissen, wie viele Sorgen sie haben und wie viele Ängste sie verzehren werden. Meine Ängste waren wirklich zahlreich: Ich hatte Angst, dass mein Sohn sich nachts mit der Decke erstickt, ich habe alle Bänder von den Mützen mit einer Schere abgeschnitten, ich habe alle Kleidungsstücke um den Hals und an den Armen ausgeschnitten ...

- Du übertreibst wirklich! Du entspannst dich kein bisschen, du passt Tag und Nacht auf ihn auf - hat mir meine Schwester Munirka gesagt.

- Ich habe Angst, dass du wegen so viel Angst ein Unglück heraufbeschwörst. Du hast auch ein zweites Kind, das dich braucht, dem musst du mehr Zeit widmen.

- Ich weiß, aber ich kann mir nicht helfen. Es scheint mir, dass ihm etwas Schlimmes passieren wird, sobald ich ihn verlasse. – so habe ich meine Befürchtungen begründet.

- Alles wird gut. Übertreibe nicht so sehr, du beschwörst nichts Gutes damit! Genieße es, solange er so klein ist. Mach dir keine Sorgen über Dinge, die nicht passiert sind. Lass uns ein Bild machen! Möge es uns in Erinnerung bleiben, wer weiß, wann wir uns wiedersehen! Schließlich werden wir nie jünger oder schöner sein - sagte sie.

Sie verspottete mich an diesem Tag, wie sie mich verspottet hatte, als wir Kinder waren.

Unser Lachen verbreitete sich im ganzen Dorf.

Sie machte Fotos für alle Zeiten, wie sie es versprochen hatte.

Sarajevo

Ich bin nicht zufällig in Sarajevo gelandet. Ich habe schon in meiner Kindheit von ihm geträumt und als ich nach Miljacka an die Juristische Fakultät ging, glaubte ich, dass der größte Traum meines Lebens wahr geworden war. Ich hatte auch Familie in Sarajevo, aber mir wurde sehr schnell klar, dass ich eigentlich niemanden hatte und dass die Sitten und Beziehungen in der Stadt ganz anders sind als auf dem Land.

Ich habe mich in Sarajevo wegen der Geschichten meiner Mutter verliebt; sie kam zu ihren Eltern und sprach immer mit viel Liebe und Begeisterung über Sarajevo. Sie beschrieb uns detailliert jede islamische Tekia und Moschee, die Straßen, an denen sie vorbeiging, das kalte Wasser, das sie aus den Brunnen von Sarajevo trank, die Kopfsteinpflaster und Tauben in der Nähe von Sebilj.

Ich habe Sarajevo nie als zerstörte Stadt gesehen, deren Erde von Menschenblut durchtränkt war. Ich habe es seit meiner Kindheit immer als die Stadt gesehen, die meine Mutter mir beschrieben hat, aber als ich nach dem Krieg dorthin kam, sah nichts so aus wie in ihrer Geschichte. Ich bin 1999 in Sarajevo angekommen; Die Gebäude waren grau, Einschusslöcher, so weit das Auge reichte, ungeklärte Stellen, die Fenster zerbrochen, nur noch Stümpfe von den Baumstämmen ... Die Angst verwandelte sich von Tag zu Tag mehr in Respekt vor der leidenden Stadt und den Menschen, die die Hölle des Krieges überlebt haben.

Menschen, für die Granaten der einzige Himmel waren, konnten nicht glauben, dass der Krieg vorbei war; Sie konnten sich nicht entspannen und so leben, wie sie es vor Beginn des Blutvergießens getan hatten. Der Krieg war für uns ein unbekanntes Gebiet, und alles, was ich darüber wusste, war das, was ich von meiner Mutter gehört hatte, die in Sarajevo um jeden zerstörten Ziegelstein weinte:

- Es ist alles Amerikas Schuld, sie haben alles getan, es ist alles ihre Schuld! - wiederholte sie immer wieder.

Ich verstand nicht, was sie damit meinte, aber von Tag zu Tag empfand ich mehr und mehr Mitgefühl für die unschuldigen Menschen mit ihrer Tragödie. Ich gewöhnte mich an die Ruinen und erkannte, dass tief unter ihnen das Sarajevo lag, von dem meine Mutter sprach.

Wir kehrten nach Sarajevo zurück und im Handumdrehen war ich wieder in meiner vertrauten Routine. Ich hatte alle Hände voll zu tun, aber ich vermisste die Aufregung eines vollen Hauses. Ich war einsam. Ab und zu ging ich mit Adna und Adan in Läden oder in den Park. Wir fanden neue Freunde, denn auf Schritt und Tritt gab es Mütter mit Kindern. Ich sprach beharrlich mit ihnen, befragte sie, bat sie, ihre Elternerfahrungen mit mir zu teilen. Ich wollte Mütter, die gerade die Krippe verlassen und die ersten Spaziergänge gemacht hatten, fragen, ob sie Zittern bemerkt hatten, ob mit ihren Babys alles in Ordnung war und wie sie mit gelegentlichen Schwierigkeiten umgingen. Niemand kannte das ThemaTremor, aber sie kämpften mit Allergien, Bronchitis, Asthma ... Ich wollte eine Mutter finden, deren Kind Probleme mit Tremor hatte; Ich wollte dieses Kind sehen und mich vergewissern, dass es erwachsen geworden war und ihm nichts passiert war.

Das Zittern verschwand langsam. Ich wachte über Adan, ich wartete darauf, dass das Zittern „passierte", aber es trat immer seltener auf. Meine Angst verschwand. Ich sprach immer weniger über ihn.

Adan war keine Heulsuse. Er war fröhlich, freute sich für alle und streckte allen seine Hände entgegen. Er schlief nicht mehr im Kinderwagen; er drehte den Kopf nach links und rechts, er folgte allem, was sich bewegte, er nahm seine Umgebung in sich auf. Fröhlich mit den Beinen schwingend, selbst wenn er müde und schläfrig war, wollte er nichts verpassen, was um ihn herum geschah. Er wachte früh auf, aber ich litt nicht sehr unter dem ständigen Schlafmangel. Er fing an, die ersten Silben auszusprechen, und ich wartete nur darauf, dass er das Wort bildete, das all meine Ängste und meine Müdigkeit aufheben würde ...

Erster Geburtstag

Adan fing an zu laufen, als er weniger als zehn Monate alt war. Er ließ meine Hände los und machte zwei kleine Schritte von einem Bett zum anderen. Das unsichtbare Band um mein Herz löste sich endlich. Die Ketten und Fesseln brachen, verschwanden und ich atmete frei. Adan lächelte und fühlte einen neuen Moment der Freiheit, der bis dahin unbekannt war. Ich wusste, dass wir endlich das Zittern überwunden hatten, und jetzt mussten wir diesen Erfolg feiern, und es gab keine bessere Gelegenheit als seinen ersten Geburtstag, der gleich um die Ecke war. Ich wollte eine große Feier, bei der all unsere Freunde und Familie anwesend sein würden und bei der Adan die Kerzen ausblasen würde, während er das Zittern in seinem Bein auslöschte.

Wir lebten von einem Gehalt und waren nicht in der Lage, große Ausgaben zu tätigen, aber ich musste mein Glück mit anderen teilen; das Glück, das Gott mir und meiner Familie geschenkt hatte. Ich wollte, dass andere einen Teil dieses Glücks spürten. Unser Haus war immer voller Menschen, Familienangehörige kamen, Freunde kamen, und ich genoss es, Essen für sie zuzubereiten, sie zu unterhalten und für sie alles vorzubereiten. Mein Vater war ein herzlicher Gastgeber, immer in Gesellschaft, in einem überfüllten Haus, mit einer Mahlzeit oder einem Mittagessen vor ihm, ganz gleich, ob sie tagsüber oder mitten in der Nacht kamen. Ich habe dieses Erbe nicht aufgegeben und wollte mein Glück nutzen und alle, die Teil meines Lebensmosaiks sind, unter mein Dach einladen.

Der Freundes- und Familienkreis war wirklich groß. Wir hatten nicht die Voraussetzungen, um so viel zu feiern, also brachen die ersten Streitereien zwischen meinem Mann und mir aus.

- Ich lade sie alle ein, ich kann niemanden überspringen! Alle oder niemanden!

- Dann lade ich meine Familie auch ein, lass sie auch kommen!
- Laden wie nur die engste Familie ein. Du wirst die anderen nicht einladen, oder?
- Du lädst alle deine Leute ein, die du kennst, und ich soll nur die aus der engsten Familie einladen? So geht das nicht!
- In unserer Wohnung passen nicht hundert Leute! Du erinnert dich selber, wie es an Adnas erstem Geburtstag war! Wir sind fast erstickt!
- Ich werde alles organisieren. Sie wissen, dass ich ein Experte darin bin, eine Party zu machen. – Mein Mann versuchte, die Diskussion mit einem Lachen zu beenden.
- Ich weiß, deshalb habe ich Angst. Ich will, dass es ein Kindergeburtstag wird, kein Massenfest.
- Entweder wir machen es richtig oder gar nicht!
- Machen wir es für alle schön.
- Es wird alles geben! Wir werden das Lamm braten, das Huhn zerlegen und es wird Pasteten geben ...
- Nicht alles aufzählen. Du organisierst das Essen, ich organisiere den Kuchen und den Trauzeugen!
- Er ist ein Junge, er kann keinen Paten haben, er braucht einen Paten!
- Und wen würdest du zu Trauzeugen machen?

Er sah mich verwundert an und versuchte, an jemanden zu denken, der diese und jene „Rolle" übernehmen könnte.

- Ich weiß wirklich nicht, wer das könnte. - Sie zuckten mit den Schultern und seufzten.
- Er muss nicht männlich sein. Eine Patin kann das auch, das habe ich schon gefragt.
- Ich wusste, du hattest jemanden im Sinn ...

Tagelang habe ich darüber nachgedacht, wer der Pate sein könnte. Ich habe nicht an Patengeschichten geglaubt, sondern an der alten Geschichte festgehalten, wonach der Pate ein Vorbild für das Kind sein wird, sodass das Kind wegen seiner Natur und dem Aussehen zu ihm hingezogen wird. Die Patentante meiner Tochter war meine Cousine und Adna sah ihr jeden Tag mehr und mehr ähnlich. Aber wer ist die Person, deren Bild Sie gerne in Adans Gesicht und in seine Seele eingeprägt sehen würden? Ich wusste – es war meine jüngste Schwester Suada! Sie war schön und sie war klug. Sie hatte ein feines Verhalten und ein anmutiges Auftreten, sie war eine Doktorandin an der Fakultät für Philosophie, sie war sensibel, kultiviert und freundlich. Und deshalb wollte ich, dass Adan so wurde wie sie, dass sie seine Patentante wurde.

Der Tag der Feier kam. Es war, wie mein Mann es versprochen hatte. Wir luden alle unsere nahen und entfernten Verwandten ein und alle antworteten. Sogar diejenigen, von denen wir dachten und hofften, dass sie nicht kommen würden, kamen. Es gab Essen und Getränke, Musik und Gelächter. Kinder rannten von einem Zimmer zum anderen und erwarteten nur eines – Kuchen.

Bald kam der Moment, wo wir ihm eine Haarlocke abschnitten, die ihm seidenweich ins Gesicht fiel und ihn ständig zwang, sie wegzustecken. Ich freute mich auf den ersten Haarschnitt, der ihn wieder zum Jungen machen würde. Mein Mann hielt ihn in seinen Armen, während meine jüngste Schwester mit tausend guten Wünschen seine erste Strähne abschnitt.

- Ich wünschte, du wärst am Leben und gesund, mein Sohn, ich wünschte, du wärst am Leben und gesund … Ich wiederholte es mehrfach für mich innerlich.

Wir haben auch Kuchen mitgebracht; die Kinder haben die Kerzen ausgeblasen und wir haben jedes Lächeln, jeden Schritt, jeden kleinen, tollpatschigen Kinderkampf fotografiert und festgehalten. Bald begannen die ersten Abreisen und die größte Verwirrung herrschte über die Kleidung, weil es fast unmöglich war zu entwirren, welche Jacke wem gehörte. Es war Mitternacht, als wir die letzten Gäste verabschiedeten. Längst waren die Kinder in ihren Geburtstagskleidern in irgendeiner Ecke eingeschlafen. Ich breitete die Arme aus und streckte mich dann auf dem Bett aus, so schwer und groß wie ich war. Ich war erschöpft,

aber das Lächeln verließ mein Gesicht nicht. Mehrere „Kinderbomben"
fielen in der Wohnung: Überall waren schmutziges Geschirr, Papiere
und Spielsachen. Geschenke und Essen lagen auf dem Boden, aber das
war mir egal.

Immerhin war es der erste Geburtstag meines Sohnes.

Unkraut

Nach dem Geburtstag stand eine große Frage auf der Tagesordnung, die ich unmöglich beantworten konnte – ich musste wieder arbeiten und wollte mich gleichzeitig voll und ganz meinem Jungen widmen. Tag und Nacht quälte mich dieses Dilemma. Ich hatte Angst, meinen Job zu verlieren, weil uns ein Gehalt einfach nicht reichte, und andererseits wollte ich nicht, dass Adan in einen Kindergarten kam oder von jemand anderem betreut wurde.

Von Tag zu Tag war ich mir mehr und mehr sicher, dass ich noch nicht zurück zur Arbeit gehen und Adan nicht verlassen konnte. Ich brauchte mehr Zeit mit ihm, denn ich fühlte mich, als hätte mir jemand das gesamte erste Jahr seines Lebens gestohlen.

- Ich kann ihn nicht einfach verlassen. Das wird anders, wenn er größer ist, wenn er mindestens drei Jahre alt ist - erklärte ich meiner Schwester, als wir eines Nachmittags auf meinem Balkon Kaffee tranken.

- Es wird immer schwierig für dich sein. Es gibt Frauen, die einmonatige Babys zurücklassen, um ihre Jobs zu retten - sagte sie mir.

- Ich weiß, aber ich kann nicht. Er hat nur eine Kindheit. Ich werde mein ganzes Leben lang noch arbeiten, ich werde einen anderen Job finden.

- Hier und jetzt kann man nicht einmal mit einem Job überleben, geschweige denn ohne. Wie sehr kannst du dich auf deinen Mann verlassen?

- Ich kann mich nicht zu viel auf ihn verlassen, bis jetzt nicht.

Ich zählte alle Vor- und Nachteile einer Rückkehr zur Arbeit auf, aber ich wusste tief im Inneren, dass ich noch nicht bereit war, meinen Sohn zu verlassen. Ich dachte, dass mein Mann sich darüber freuen würde, dass ich Opfer bringen würde und dass ich meinen Job nach zehn Jahren aufgeben würde, um mich meiner Familie und meinen Kindern zu widmen. Aber es wurde schnell klar, dass er nicht in der Lage war, alle Verantwortungen und Verpflichtungen für den Unterhalt der Familie zu übernehmen.

Unsere finanziellen Probleme nahmen zu und damit auch unsere Meinungsverschiedenheiten. Es gab nicht viele, die uns helfen konnten, also suchte ich bald nach einer neuen Stelle und konnte nicht einmal glauben, was mit mir geschah. Ich habe Stellenanzeigen durchgeblättert, die gar nichts angeboten haben, und was angeboten wurde, war schlimmer als das Gehalt, und nach einem halben Jahr geriet ich in ernsthafte finanzielle Probleme.

Ich fand keine Arbeit, die Schulden häuften sich, und dann landete mein Mann zum ersten Mal im Krankenhaus.

Sie teilten mir mit, dass er bei der Arbeit seine Beine auf einmal nicht mehr fühlte und er eiligst ins Klinikum verlegt worden sei.

Ich war allein zu Hause mit zwei Kindern. Ich konnte nichts tun. Nicht für mich, nicht für ihn.

Ich habe die Kinder ins Bett gebracht und mir wurde klar, dass ich allein war, dass er nicht kommen würde, dass er im Krankenhaus war, dass sie mir hätten mitteilen können, dass er gestorben war, dass er weg war, dass ich das akzeptieren musste und dass ich auch dazu bereit sein sollte. Mich packte die Angst vor dem Leben selbst. Ich sah die friedlich schlafenden Kinder an; ihr Leben fing gerade erst an, sie brauchten nur eine Hand der Unterstützung, und ich fühlte mich unerklärlich ängstlich, fragte mich, ob ich überhaupt die Kraft hatte für die Aufgabe, die ich übernommen hatte. Ich begann in einer Panikattacke zu zittern. Ich verlor alle Kraft und brach auf dem Boden zusammen. Nach ein paar Minuten fühlte ich mich besser. Ich trank etwas Wasser und sagte mir, dass mich nichts anderes treffen konnte im Leben.

Der Morgen brachte Hoffnung und meine Schwester traf ein. Wir einigten uns in der Stille der Morgendämmerung, während die Kinder schliefen. Ich sollte meinem Mann Sachen bringen, die er brauchte. Die

Ärzte sagten mir, dass seine vorübergehende Behinderung auf seine früheren Wirbelsäulenprobleme zurückzuführen sei. Ich besuchte ihn jeden Tag, aber dann begannen die Anfälle, von denen ich niemandem erzählte, weil ich sie nicht beschreiben konnte.

Sie wurden immer stärker. Der Ehemann glaubte nicht an sie und behauptete, dass sie nur das Ergebnis von Langzeitmüdigkeit seien. Als sie mich zu Boden schlugen und ans Bett fesselten, als er den ersten Anfall sah, bei dem mir Gliedmaßen weggezogen wurden und mein ganzer Körper zitterte, als wäre er unter Strom, da wurde ihm erst klar, dass es nicht nur Erschöpfung war.

In der Abteilung für Psychiatrie des Klinikums sagten sie immer wieder, dass ich Panikattacken hatte, die so stark waren, dass sie meinen Körper, der nach Luft rang, vollständig lähmten. Von außen sah es so aus, als wäre alles in Ordnung, aber innen funktionierte nichts mehr. Ich sah die Kinder an und hatte nicht die Kraft, meine Hände auszustrecken und sie zu mir zu nehmen.

Es war, als wäre etwas in mir ausgelöscht worden.

Die leitende Psychiaterin und Leiterin der Klinik, Frau Alma, sah mir zu, wie ich hilflos im grauen Korridor lag und in die düsteren Gesichter starrte.

- Wie geht das Sterben voran? - fragte sie in einem scherzhaften Ton.
- Doktor, ich weiß alles, aber ich kann nicht atmen!
- Wieso kannst du nicht atmen?
- Ich bekomme keine Luft, ich kann nicht normal atmen, ich kann nicht atmen! Ich fühle mich wie im Wasser.
- Wie isst du?
- Schlecht. Ich habe nicht die Kraft, einen Bissen zu kauen.
- Ich weiß, wie du dich fühlst. Du fühlst dich hilflos, du hast Angst vor allem, du hast Angst um deine Kinder, du hast Angst, dass du nicht die Kraft haben wirst, wenn sie erwachsen werden, dass du keine gute Mutter bist, du hast Angst, dass du stirbst und dass sie ohne dich zurückbleiben werden.

Ich zuckte bei diesen Worten, denn sie sprach alles aus, was ich fühlte, wovor ich Angst hatte.

- Keine Sorge, Azra, du wirst nicht verrückt, du wirst nicht sterben.
- Was ist mit mir passiert? - fragte ich unter Tränen.
- Du hast Panikattacken. Daran stirbt man nicht. Diese Angriffe schaden weder deinem Körper noch deiner Gesundheit, aber sie warnen dich, dass das Leben, das du bisher geführt hast, nicht mehr möglich ist.
- Was meinen Sie?
- Wenn du einen Topf aufs Feuer stellst und es kocht, musst du ihn wegräumen, sonst passiert ein Unfall. Auch du musst dem Feuer aus dem Weg gehen. Kleine Kinder, schlechte Finanzen, ständiges Laufen und Mangel an Ruhe – all das erschöpft einen Menschen, besonders wenn er alleine darin steckt, wenn er keine Unterstützung dafür hat. Wenn die Umgebung dich nicht versteht, musst du anfangen, dich selbst zu verstehen. Akzeptiere vorerst, dass diese Angriffe nicht gefährlich sind, dass sie nicht schrecklich sind und dass du dich bald besser fühlen wirst. Ich werde dir helfen, aber ich brauche deine Hilfe. Du musst mit mir kooperieren.
- Das werde ich, Doktor, natürlich werde ich!
- Ich kann dich nur auf halbem Weg führen. Du musst alleine weitermachen.
- Das werde ich, helfen Sie mir nur, das durchzustehen. Helfen Sie mir. Ich möchte wieder so essen wie früher!
- Ich gebe dir Pillen, um mit dem Essen anzufangen. Depressionen sind eine schwere Krankheit. Wenn es zu Panikattacken wird, ist es schlimmer als ein Tumor.
- Ich leide an Depressionen?
- Ja. Es gipfelte in Panikattacken, aber Depressionen sind ein vorübergehender Zustand.
- Ich will nur, dass es mir besser geht.
- Es wird besser werden, aber du musst einige Dinge in deinem Kopf ändern. Du wirst wieder fröhlich und gesund sein. Du wirst mit den

Kindern arbeiten, Kontakte knüpfen, lachen, singen und Spaß haben. Man muss einen Weg finden, sich auszuruhen, etwas für sich selbst zu tun. Die Kinder irgendwohin schicken, spazieren gehen, alleine sein, in Ruhe Kaffee trinken. Ich sehe, dass du den Kindern ergeben bist. Du hast vorher gearbeitet? - fuhr sie fort.

- Ja, aber ich habe meinen Job gekündigt.

- Zurück an die Arbeit. Du bist keine Frau, die zu Hause sitzt, du bist keine Hausfrau. Zurück an die Arbeit. Das macht dich nicht zu einer schlechten Mutter.

Ich sah sie an. Ich hatte nicht die Kraft aufzustehen und zu essen, ich konnte keinen Bissen kauen und sie zwang mich, wieder zur Arbeit zu gehen.

- Wie kann ich in diesem Zustand arbeiten? - sagte ich.

- Du wirst dich zuerst erholen. Der Rest kommt später - antwortete sie.

Sie verschrieb mir eine Therapie und gab mir detaillierte Anweisungen zur Anwendung. Sie fügte hinzu, dass ich regelmäßig zur Kontrolle kommen müsse und sie mir bald Atemübungen schicken werde. Ich fühlte eine große Erleichterung und konnte es kaum erwarten, nach Hause zu gehen.

Ich wusste nicht, wie ich allein klarkommen soll, und musste Hilfe suchen, weil ich weder mir noch anderen um mich herum guttat, besonders nicht den Kindern, die auf mich warteten und nach denen ich mich sehnte, als wären sie der eine rettende Atemzug. Ich wollte aufs Land; dort würde ich mich schneller erholen, dort würde ich alleine sein, ich würde gesünder und ruhiger atmen. Ich begab mich auf eine Reise, wieder, noch einmal, auf vertrauten Straßen.

Mein Vater empfing mich – gebrochen und erschöpft. Er hatte immer gedacht, dass mein Leben gut und ich glücklich war, und jetzt spürte er die Wahrheit, die keine bunte Verpackung um sich hatte. Er wollte wissen, was passiert war; er wollte jemandem die Schuld an meinem Untergang geben. Zusammen mit meiner Schwester sorgte er dafür, dass ich so schnell wie möglich gesund wurde. Mein Appetit kam zurück und mit ihm meine Kraft. Auch hat mich der Frühling an der Hand genommen.

Die Anfälle fanden immer noch statt, aber sie wurden schwächer. Lange Spaziergänge mit meiner Schwester und endlose Gespräche haben mir geholfen. Vater kümmerte sich um uns, aber die Tage vergingen schnell und bald fing ich wieder an zu packen. Die Rückkehr nach Sarajewo war unvermeidlich.

Bevor ich ging, besuchte ich das Grab meiner Mutter. Ich schämte mich vor ihr. Ich hatte Angst, als Feigling vor ihr zu stehen, als jemand, der nicht die Kraft und den Mut hatte, durch die Ohrfeige wieder zum Leben erweckt zu werden. Sie war mutig, sie war umsichtig, sie hatte vor nichts im Leben Angst gehabt, nicht einmal vor dem Tod. Und ich? Habe ich sie enttäuscht? Würde sie sich für ihre Tochter schämen? Habe ich sie verraten?

Ich kehrte nach Sarajevo zurück und ging dann zum Arzt, um mich untersuchen zu lassen. Ich fühlte mich besser und die Wände des Krankenhauses waren nicht mehr so grau wie beim letzten Mal. Ich sagte mir, dass ich dort nicht hingehörte, dass ich leben wollte, und nach ein paar Minuten wiederholte ich das gegenüber der Ärztin, als ich ihre Praxis betrat.

- Woher kommt das? Warum bist du dir plötzlich so sicher, dass du nicht hierhergehörst? Wie war es auf dem Land?

- Es war Frühling. Ich genoss es, ging spazieren, erneuerte alte Bekanntschaften mit der Natur. Die Probleme sind immer noch da, nicht gelöst, aber ...

- Warum glaubst du, gehörst du nicht hierher?

- Weil es so ist. Mir wurde klar, dass mein einziges Problem mein Kopf ist, und ich werde damit umgehen. Meinen Kindern geht es gut, sie leben und sind gesund. Ich werde auch einen Job finden - sagte ich und mit ein paar höflichen Grüßen und dem Aufschreiben von Telefonnummern wandte ich mich dem Ausgang zu. Ich warf noch einen

Blick auf die Klinik, überzeugt, dass ich nie wieder dorthin kommen würde.

Ich saß im Garten eines nahe gelegenen Restaurants, bestellte Essen und Getränke und stellte fest, dass das Leben groß ist und man darin nicht klein und schwach bleiben muss.

Nicht lange danach kehrte ich in meinen alten Job zurück. Jetzt musste ich nur noch das Durcheinander aufräumen und in Ordnung bringen. Sowohl bei der Arbeit als auch zu Hause.

Die zerbrochene Blume

Morgens herrschte Nervosität und Hektik.

Adan konnte sich nicht von mir trennen, ich wollte mich nicht von ihm trennen, aber die Arbeit konnte nicht warten. Ich konnte ihn nicht wiegen, zudecken und in den Schlaf singen, bevor ich zur Arbeit ging; er wollte mich nicht gehen lassen, er gewöhnte sich an meine Nähe und meine Umarmungen. Ich habe mir die Tränen abgewischt und bin gefahren, ich habe mich bei ihm entschuldigt, ich habe ihm gesagt, dass ich zur Arbeit gehen muss, dass die Arbeit auf mich wartet. Ich habe ihm das ständig gesagt, aber er war zu klein.

Niemandem war klar, warum ich so schnell wieder zur Arbeit zurückkehrte. Und alles schien, als wäre ich gestern erst weggegangen. Zweieinhalb Jahre waren vergangen, aber die Herzlichkeit meiner ehemaligen Kollegen war nicht verblasst. Aber sie haben gemerkt, dass ich die Pläne nicht verwirklicht habe, von denen ich vor zweieinhalb Jahren so unschuldig und naiv gesprochen hatte, und dass ich nicht das gleiche Feuer in mir trug, das ich früher bei der Arbeit angezündet hatte. Ich wusste, dass es so ist, aber ich konnte nicht anders ... Die Kinder waren klein, sie schliefen schlecht, sie wachten nachts auf, und ich musste früh aufstehen, weil wir sonst nicht aufstehen konnten an Adna und Adans Nana, die als einzige half, lebte in einem abgelegenen Teil der Stadt, meine Firma lag in einem Industriegebiet. Und ein solcher Rhythmus forderte bald seinen Tribut.

Der Oktober hatte gerade erst begonnen. Ich brachte die Kinder ins Bett und ging auf die Terrasse, um Luft zu schnappen, sie in meinen Kopf zu lassen, den Rauch und die dunklen Wolken zu vertreiben, mich aufzuheitern und zu beruhigen. Ich suchte nach der besten Lösung für uns alle, aber keine schien gut genug zu sein. Ich legte mich aufs Bett, fing aber an, mich hin und her zu wälzen, wie ein Lamm, das am Spieß gedreht wird. Unter mir war kein Feuer, kein Holzspieß ging durch mich hindurch, und doch fühlte ich mich so.

Ich wachte mitten in der Nacht auf, verfolgt von einem seltsamen Traum. Ich habe geträumt, dass ich die Kinder bedecke, ich habe geträumt, dass ich zu ihnen komme, ich atme, ich sehe Dampf vor meinem Gesicht, da ist so ein Minus im Raum, die Kinder werden frieren, sie werden frieren, ich beeile mich, sie einzupacken, ich kontrolliere das Fenster, es ist ganz geschlossen, ich drehe mich im Halbdunkel um, ich suche die Quelle des Winters und den Schalter, ich finde ihn, ich mache das Licht an, ein kleines Mädchen sitzt hinter der Tür, sitzt geduckt, hält die Knie gebeugt, woher kommt das Kind in diesem Zimmer? Ich ging auf sie zu, ihre Augen waren blutunterlaufen, sie sah mich wütend an, sie war verängstigt, sie sah mich zuerst an und dann das Bett, in dem meine Kinder schliefen. Ich dachte, sie würde ihnen wehtun, ich schrie, ich versuchte sie wegzuscheuchen, ich schrie wieder, und dann wachte ich auf. Ich wusste nicht, ob ich im Schlaf oder im wachen Zustand schrie.

Die Kinder schliefen auf dem Bett neben mir, es passierte nichts Ungewöhnliches, aber der Traum war zu lebendig, als dass ich ihn leicht hätte vergessen können. Ich konnte bis zum Morgen nicht schlafen. Ich suchte in den chaotisch komplexen Erinnerungen nach einer Erinnerung an ein Kind, dem ich Unrecht getan hatte, absichtlich oder aus Versehen.

Nachmittags nach der Arbeit holte ich die Kinder ab und fuhr mit ihnen nach Hause. Ich trug Einkaufstüten. Ich ging zum Bäcker auf der anderen Straßenseite. Ich hielt Adans Hand fest. Adna war glücklich und aufgeregt.

- Mama, ich weiß, wie man die Straße überquert!

- Du hast es gelernt, ich weiß, dass du es weißt. Lass mich sehen! Du schaust nach links, du schaust nach rechts, du schaust geradeaus und du gehst vorbei!

Ich ermutigte sie, aber ihr kindliches Verlangen war zu stark. Sie rannte. Ein Auto kam aus der Richtung der Siedlung, aber sie konnte es nicht sehen. Auf der Straße blieb nur mein Schrei und eine hilflos in die

Luft greifende Hand. Ich versuchte sie mit meinen Augen aufzufangen, sie mit einem Schrei zu erreichen. Der Schmerz war stark, er blendete mich fast, aber ich konnte sehen, wie Adna vor das Auto rannte, wie sie es schaffte, ihm auszuweichen, aber nicht weit genug ...

Sie lag im Gras wie ein kleiner Spatz mit gebrochenen Flügeln. Ich beugte mich daneben. Ich wollte sie in meine Arme nehmen, sie trösten und beschützen, aber ich wusste nicht, ob und wie sehr sie verletzt war.

- Mama, was ist passiert? Ist es meine Schuld?

- Nichts, mein Kind, nichts ist deine Schuld. Mama ist hier, in einem Moment ist es vorbei, dir wird es gleich gut gehen ...

Ich wusste, ich sollte sie nicht berühren, sie nicht bewegen, um nichts noch schlimmer zu machen, obwohl ich sie so sehr in meine Arme nehmen wollte.

Sie hielt mich fest und ich hielt Adan fest. Ich war hin und her gerissen zwischen der Hilfe für Adna und Adans starkem Widerstand. Mein Aufschrei erschreckte ihn und er versuchte von mir wegzukommen, als ob er eigentlich aus einer solchen Situation fliehen wollte. Bald versammelten sich Menschen um uns. Auch die Polizei rückte an. Ich war hilflos. Ich schaute auf die verstreuten Taschen, ich schaute auf die Leute, die uns anstarrten, ich schaute auf Adna, die im Gras lag, ich schaute auf Adan, der nicht wusste, was los war. Ich wollte verschwinden, weg sein, als ob es mich niemals gegeben hätte. Ich öffnete meine Augen und sah eine Frau, die mich rief:

- Hast du einen Ehemann? - fragte sie.

- Ja, habe ich - antwortete ich und diktierte ihr dann seine Telefonnummer. Er antwortete, und ich konnte ihm nur sagen, dass Adna von einem Auto angefahren worden war. Auch ein Krankenwagen kam und stoppte für einen Moment das Trommelfeuer der dummen Fragen der Passanten.

- Mama, geht es mir gut? - fragte Adna.

- Ja, mein Sonnenschein, es wird dir bald gut gehen. Sei nicht ängstlich.

Die Leute kamen immer noch auf sie zu, sahen und starrten sie an, stellten Fragen, aber sie beantwortete nur meine Fragen.

- Madam, hat sie sich übergeben? - fragte der Arzt.

- Nein.

- Ist ihr Kopf verletzt? Gibt es Verletzungen an den Händen?

- Nein, ich glaube nicht, das Auto hat nur das Bein getroffen.

Sie brachten uns in einen Krankenwagen und die Polizei sagte, ich könnte später eine Aussage machen. Ich überließ Adan meiner Schwester. Wir kamen schnell im Krankenhaus von Koševo an. Sie trennten mich in der Aufnahmeklinik von Adna. Adna war von einem Auto angefahren worden und ich hatte die Schmerzen: Ich wurde auch von einer unbekannten und beunruhigenden Leere verletzt, meine Seele wurde unter den schweren Füßen eines tragischen Schicksals zertrampelt. Bald darauf traf mein Mann mit seiner Mutter und seiner Schwester ein, aber ich war angesichts ihrer Fragen sprachlos. Ich konnte meine innere Stimme nicht finden.

Aufgrund verschiedener und vieler Verpflichtungen haben wir uns in letzter Zeit nicht viel unterhalten. Insgeheim warf ich ihm das vor, und jetzt schien es mir zum ersten Mal, als sei in mir keine einzige Flamme der Leidenschaft mehr vorhanden, die mich so viele Jahre getrieben hatte.

Ich schaute auf die weiße Tür und merkte, dass ich sie nicht mehr anstarren konnte. Ich ging hinein und bat sie, mir zu sagen, was mit meinem Kind passiert war.

- Du bist ihre Mutter?

- Ja. Ich will neben ihr sein, ich kann nicht länger warten.

- Okay, setz dich da hin. Sie ist am Set, sie wird bald zurück sein. Sie wird einen Scan des Beins mitbringen, also werden wir sehen, was passiert ist.

- Ist ihr Bein gebrochen?

- Warten Sie, wir werden es bald wissen, sobald der Scan eintrifft.

Nach wenigen Minuten brachten die Techniker sie auf einem mobilen Krankenhausbett an. Der Arzt legte das Röntgenbild auf den Leuchtschirm und wir sahen den Bruch. Der Femur war komplett gebrochen. Ich schrie wieder und brach in Tränen aus.

- Sie ist kaputt, kaputt, meine arme, kleine ...

- Nicht weinen. Wir werden behandeln. Sie wird wieder gesund. Bei Gott, es ist stark angeschwollen. Wir richten die Fraktur schnell ein, sodass Sie das Eis sofort nutzen können.

- Was werden Sie einrichten? – Ich geriet in Panik.

- Ihr Bein, was sonst? Dass sie keine Narbe haben wird, dass sie ein Mädchen mit schönen Beinen sein wird, wenn sie groß ist.

Sie streichelte Adnas Gesicht und bedeutete den Sanitätern zu gehen. Sie warnte mich, dass der Vorgang des Einrichtens der Knochen schmerzhaft sei, aber ich wollte nicht, dass Adna in diesem Moment allein war. Es ging auf Mitternacht zu, als sie uns endlich in die Klinik für Orthopädie und Chirurgie brachten. Wir wurden alleingelassen. Ich habe ihr Bein in Eisbeutel gewickelt. Langsam streichelte ich ihr Haar, das sich wie Seide auf dem Kissen ausbreitete.

- Du warst heute mutig. Du warst stark, stärker als Mama.

- Habe ich eine Geschichte verdient, Mama?

- Hast du ...

- Ich erzähle dir deine Lieblingsgeschichte. Welche willst du?

- Über Ariela!

- Gut, du weißt, dass du heute so tapfer warst wie Ariela, du hast den Unfall überlebt und keine Träne vergossen. Mutig, mein kleines Mädchen.

Sie bekam eine Schmerzmittelspritze, sodass sie sich nach der Hälfte der Geschichte endlich ausruhen konnte, da sie bereits schlief.

Ich legte mich auf das Bett neben ihr und bedeckte meinen Kopf mit einer Decke.

Ich hatte immer noch Panikattacken, die darauf warteten, dass ich mich beruhigte, damit sie eine nach der anderen kommen konnten.

Ich umarmte das Kissen und stellte mir vor, ich würde meine Mutter umarmen.

Ich rief sie leise an.

Ich brauchte ihre Umarmung.

Eine Umarmung, die schon lange niemand mehr bekommen hatte.

Anmerkungen

- Guten Morgen, Mamas Prinzessin.
- Wo haben wir geschlafen? Im Krankenhaus?
- Ja, wir haben im Krankenhaus geschlafen! – Ich stand mit einem Lächeln über ihrem Bett und versuchte ihr zu zeigen, dass nichts Schlimmes passiert war.
- Mein Bein tut weh, Mama. Es tut weh und juckt.

Die Schmerzmittel hörten auf zu wirken, das Bein wurde kalt und schwoll an und fing an zu schmerzen.

Die Krankenschwestern sagten mir, dass die Schmerzen ein paar Tage anhalten würden. Aber sie war mit einer Beinverlängerung ans Bett gefesselt und konnte sich in keiner anderen Position befinden als zu liegen. Sie würde ihre Lage ab und zu korrigieren, aber das war alles, was sie tun konnte und was für die nächsten drei Wochen vorgeschrieben war. Diese Stille tat ihr mehr weh als der Beinbruch selbst. Ich wiederholte mir immer wieder, dass es vorbeigehen würde, dass wir keine Wahl hatten. Ich musste an ihre Genesung denken und versuchen, die Zeit im Krankenhaus so angenehm wie möglich zu gestalten.

Adna und ihre Genesung im Krankenhaus waren nicht meine einzige Verantwortung. Ich konnte bei dem Job, mit dem ich gerade angefangen hatte, keinen Krankenstand beantragen. Adan war am Ende einer anderen Stadt und er brauchte mich, Rechnungen und Schulden warteten auf mich. Der bisherige Rhythmus wurde noch unerträglicher. Ich fuhr von einem Ende der Stadt zum anderen, vom Krankenhaus zur Arbeit, von meiner Wohnung zur anderen, wo Adan war. Ich suchte nach Zeit, um mich ihm zu widmen, aber das war nicht mehr möglich. Er sah sich fast den ganzen Tag Zeichentrickfilme an, da wir alle im Krankenhaus in den Kampf um Adnas Genesung verwickelt waren. Als ich noch ein paar Tage hatte, nahm ich ihn mit auf einen Spaziergang. Er wurde anders – er hatte vor allem Angst, klammerte sich nur an mich und ging in einer unerklärlichen kindlichen Stille dahin. Er war, so schien es mir, traurig. Ich dachte, es lag daran, dass sich sein Leben grundlegend veränderte: Zuerst tauschte ich Zeit mit ihm gegen Arbeit und dann musste ich selbst in diesen kleinen Momenten die Unterstützung für Adnas Genesung übernehmen. Abends, vor dem Schlafengehen, durchlebten wir die vergangenen Tage noch einmal – ich kitzelte ihn, versteckte mich unter der Bettdecke, massierte ihn. Dann schliefen wir ein, umarmten uns und klammerten uns aneinander.

Wir haben Freunde im Krankenhaus gefunden, die Adna geholfen haben, den Tag zu überstehen. Wir haben gemeinsam Malbücher ausgemalt und Geschichten erzählt. Die Tage vergingen schnell.

Der November kam.

Die Blätter waren vollständig abgefallen und gaben dem Boden diese spezifische bunte Farbe, die an die Leinwand eines Malers erinnerte. Ich liebte es, durch das große Fenster des Krankenhauses auf den Hof zu schauen, der voller Menschen war.

Draußen wehte ein kalter Wind. Ich schloss die Fenster, damit er nicht in unser Zimmer blies.

Adna ging es von Tag zu Tag besser und mir auch, obwohl wir immer noch einen langen Genesungsprozess vor uns hatten.

Die letzten Tage zogen sich wie immer hin.

Sie war 18 Tage bettlägerig; sie konnte sich nicht bewegen und nichts beruhigte sie mehr als der Gedanke, dass sie bald zu Hause sein würde.

- Bald – noch fünf Tage und vier Nächte und los geht's!
- Mama, das ist zu viel!
- Ich weiß, aber es geht schneller vorbei, wenn du nicht daran denkst!

Und tatsächlich – fünf Tage später sind wir gegangen. Die Gewichte auf dem Bett wurden durch einen Gips ersetzt, den sie fünf Wochen lang tragen musste. Der Gips fesselte uns auf der einen Seite und verband uns auf der anderen Seite. Wieder haben wir es genossen, Zeichentrickfilme zu schauen, Malbücher auszumalen und zusammen Spiele zu spielen. Jetzt konnten wir alle zusammen alles machen. Bald gingen wir mit dem Gips spazieren, und dafür war auch Adans Kinderwagen nützlich, der perfekt für das Gipsbein war. Wir gingen sogar zu einer Zaubershow und aßen Kuchen.

Vor Neujahr waren wir wieder im Krankenhaus und warteten darauf, dass Adnas Gips entfernt werden würde. Die meisten Ärzte waren zu den Neujahrsfeiern gegangen, also waren sie auch nicht da. Die unheimliche Stille drinnen wurde durch laute Musik gestört, die von draußen kam. Feuerwerkskörper waren zu hören, und manchmal wurde das Fenster von Feuerwerkskörpern durchleuchtet.

- Wir haben noch viele neue Jahre vor uns, weißt du!

- Sollen wir den Weihnachtsbaum schmücken?

- Wir wollen auch den größten, bis zur Decke!

- Der ist wie im Einkaufszentrum?

- Ja, genau so!

In das Notizbuch habe ich mit der Absicht, Verpflichtungen und nebensächliche Alltagsweisheiten festzuhalten, geschrieben, dass wir einen Weihnachtsbaum so groß wie in einem Einkaufszentrum schmücken weüden, und dann ein Zitat hinzugefügt: „Wir können viele Niederlagen erleben, aber wir dürfen nicht besiegt werden!“

Ein seltsames Kind

Die Genesung ging in eine gute Richtung, aber mit Adan tat sich etwas. Ich hatte gehofft, dass es nur vorübergehend war, aber es schien schlimmer zu werden.

Ich nutzte jede freie Stunde, um ihn mit anderen Kindern in den Park zu nehmen, aber er fühlte sich nur zu ihren Spielsachen hingezogen. Er näherte sich schüchtern, hob sie auf, drehte sie und betrachtete sie von allen Seiten. Irgendwann würde er sie zurückgeben.

Mit der Zeit wollte er die Spielsachen nicht mehr zurückgeben; er wurde wütend und aggressiv. Er schlug Kinder, die ihr Spielzeug zurückverlangten, oder rannte einfach damit weg. Das hat Adna gemacht, als sie klein war, also machte ich mir wegen seines Verhaltens keine Sorgen. Aber bei ihr endete alles mit leichter Überredung, und bei Adan verwandelte sich dieses Verhalten in Wut – er wollte das Kind, dessen Spielzeug er in der Hand hielt, schlagen, beißen oder ziehen. Er fühlte sich besonders zu Autos, Flugzeugen und Zügen hingezogen. Er liebte es, sie und ihre Räder zu drehen. Er rannte nie hinter Schlägern im Sand oder hinter einem Ball her.

Er benahm sich von Tag zu Tag seltsamer, besonders wenn er nicht bekam, was er wollte. Er ging den Kindern nach, wenn er ihnen etwas stehlen wollte, also vermied ich es, ihn in „Gesellschaft" zu bringen. Wir haben meistens alleine gespielt. Ich fand nichts Ungewöhnliches daran, dass er alleine spielte, er brauchte Zeit, um mit den Kindern Kontakt aufzunehmen. Er war lange allein und daran gewöhnt, alle Spielsachen für sich zu haben. Er hatte sich wegen der umfassenden Situation, in der wir uns befanden, in sich selbst zurückgezogen, und ich wusste, dass der Kindergarten und die anderen Kinder es mit ihm schwer haben würden.

Er trug immer mindestens ein Spielzeug bei sich, meist ein kleineres Tier, das er in seinen Händen hielt. Früher hatte er zwei gehabt. Er kletterte gerne überall auf sie oder stellte sie so hin, dass sie sich gegen-überstanden, als ob sie spielten.

Aber als die Zeit kam, sie freizulassen, entstand Chaos – er schrie, schlug um sich und fing an, meine Hand zu beißen. Er ließ sie nicht ein-mal fallen, wenn er badete oder schlief.

Wann begann sein absolutes Schweigen? Zuerst sprach er, es gab kein Wort, das er nicht sagen konnte. Und dann verstummte er plötzlich. Er war zweieinhalb Jahre alt und alle sagten mir, dass er Zeit hätte, dass er sprechen würde, aber ich vermisste seine Stimme, die ich zu lange nicht gehört hatte.

Adna ging es besser, sie wollte öfter in den Park gehen, aber wir konnten nicht alle zusammen diesen kleinen Ausflug machen.

Ich beschloss, ihn zum Arzt zu bringen.

Wir betraten die Arztpraxis und er senkte den Kopf. Die Ärztin zeig-te auf einen Stuhl und er setzte sich darauf. Sie betastete seinen Hals und fasste ihm hinter die Ohren, sah mit einer Taschenlampe auf seinen Hals, rief ihn. Sie drehte sich um und schloss mit den Worten:

- Ich sehe nichts Ungewöhnliches. Ein Kind wie jedes Kind. Er wird sprechen. Bei mir arbeitet ein Kollege, der erst nach dem vierten Jahr sprach und heute Arzt ist. Es passiert einfach manchen Kindern, beson-ders intelligenten.

- Ich weiß, das sagt mir jeder. Aber, naja, ich hatte befürchtet, dass er durch den Unfall ein Trauma erlitten hat, schließlich ist es vor seinen Augen passiert ...

Ich erklärte ihr die Gründe meiner Anwesenheit. Nicht nur das Re-den machte mir Sorgen, auch die Wutausbrüche beunruhigten mich. Ich war besorgt über das Trauma, das er überlebt hatte, die möglichen Folgen.

- Ich schreibe Ihnen eine Überweisung an einen Spezialisten, Doktor Zubčević, er ist schließlich Neurologe. Überprüfen Sie, was der Spezia-list sagt, holen Sie sich noch eine Meinung ein.

- Glauben Sie, dass es dringend ist?

- Nein, aber Sie sollten sich beraten lassen. Wenn Sie einen Logopäden benötigen, werden Sie dort besser begleitet.

Ein Schauder lief durch meinen ganzen Körper, als ich mich daran erinnerte, was ich nach seiner Geburt durchgemacht hatte.

Ich ging mit den Papieren durch die Tür. Ich fuhr nach Hause und beruhigte mich. Wenn sie sich einmal geirrt haben, werden sie sich wieder irren! Was auch immer sie sagen, ich werde ihnen nicht glauben! Damals bin ich fast wahnsinnig geworden! Dieses Mal werde ich alles mit einem hauch Humor nehmen und ich weiß nicht, ob ich überhaupt zu dieser Untersuchung gehen soll?!

Ich wäre wahrscheinlich nie gegangen, wenn sich die Situation nicht verschlechtert hätte. Adan weigerte sich zu essen, selbst wenn er hungrig war; er ließ seine Jacke nicht ausziehen, obwohl die Sonne heiß vom Himmel schien. Er wollte direkt zum Fluss gehen, wo er jemanden gesehen hatte. Es wurde immer schwieriger, ihn aus dem Haus und zurück zu bekommen. Ich musste etwas tun, aber es war, als würde ich alles noch schlimmer machen.

Ich beschloss, ihn so schnell wie möglich im Kindergarten anzumelden, aber vorher würde ich noch Dr. Zubčević besuchen. Ich habe einen Termin ausgemacht, in der Hoffnung, dort wenigstens eine logische Antwort zu finden.

Autismus

- Wie spielt Ihr Sohn mit Spielzeug? Wie benutzt er die Spielzeugautos? Bringt er sie in perfekte Ordnung?

- Nein, das funktioniert nie. Das Auto fährt er, wie es gefahren werden soll, er läuft geräuschlos mit dem Pferd herum, stößt manchmal Schreie aus.

- Spielt er gerne mit Wasser und wie spielt er damit?

- Er lässt gerne das Wasser laufen und stellt ein Spielzeug darunter ...

Ich suchte nach einer Logik in seinen unlogischen Fragen. Ich verzog das Gesicht, um zu zeigen, dass ich über sie überrascht war, aber er tippte beharrlich auf dem Computer herum und sah weder mich noch Adan an.

- Welche Art von Augenkontakt nimmt er auf?

- Kontakt? Ich weiß nicht, Doktor. Was bedeutet das für Sie?

- Wie lange schaut er Ihnen in die Augen?

- Genügend. Er sieht mich an, wenn er will. Wenn ihn etwas interessiert, dreht er sich um und betrachtet etwas anderes.

- Reagiert er auf seinen Namen?

- Er spricht nicht. Wie kann man reagieren?

- Wendet er sich Ihnen zu, wenn Sie ihn beim Namen nennen? Sieht er Sie an oder nicht?

- Vielleicht muss ich ihn manchmal mehrmals anrufen, aber er dreht sich um.

- Wie kommunizieren Sie, wenn er um etwas bittet?

- Normalerweise nimmt er mich an der Hand und zeigt mir, was er will.

- Ist er beim Essen sehr wählerisch? Weint er, wenn er essen muss?

- In letzter Zeit ist er sehr wählerisch geworden. Er isst fast nichts, obwohl er manchmal den ganzen Tag nichts in den Mund genommen hat.

- Und wie schläft er?

- Nachts geht er zu Bett, morgens wacht er auf. Abgesehen vom recht frühen Aufwachen haben wir keine weiteren Schlafprobleme.

- Hier habe ich meine Meinung geschrieben, aber wir werden sicherlich alle Befunde machen – Elektroenzephalografie des Kopfes, Hörkontrolle, Untersuchung beim Augenarzt. Ich denke, all diese Ergebnisse fallen ordentlich aus, aber Sie müssen die Untersuchungen machen lassen.

- Müssen wir alles noch einmal machen? Wir haben alles vor zwei Jahren gemacht!

- Alle Befunde müssen neu gemacht werden. Sie müssen nicht sofort und Sie müssen nicht alles gleichzeitig tun, aber Sie müssen es auf jeden Fall tun. Ich werde Ihnen schreiben, welche Untersuchungen gemacht werden müssen, aber es ist notwendig, dass das Kind sofort in eine defektologische oder logopädische Behandlung aufgenommen wird.

- Bekommen wir hier nicht eine Überweisung für einen Logopäden?

- Wir haben Logopäden im Gesundheitszentrum, aber das reicht nicht. Ihr Sohn braucht eine anregende Behandlung und eine gleichaltrige Umgebung. Kinder, die mitmachen wollen, zeigen schnell Fortschritte!

- Was meinen Sie?

- Es gibt Kinder, die sich weigern zu kooperieren, daher ist der Prozess für sie etwas schwieriger, aber Kinder, die kooperieren, machen sehr schnell Fortschritte und alles ist in Ordnung ...

- Aber es kommt vor, dass sie nicht kooperieren? - fragte ich überrascht, weil ich dachte, es sei ihre Aufgabe, ihnen beizubringen, zu kooperieren, auch wenn sie es nicht taten.

- Das gibt es leider. Manche Kinder sind schwer zu erreichen.

- Und was passiert dann?

- Dann wird es nicht gut sein.

- Ich bin mir nicht sicher, ob ich Sie richtig verstehe, können Sie erklären, was genau Sie meinen?

- Ihr Sohn ist, soweit ich sehen kann, kein verschlossenes Kind. Aber es gibt auch etwas andere Kinder, die verschlossen sind. Haben Sie von Kindern im Autismus-Spektrum gehört?
- Nein, davon habe ich noch nie gehört.
- Das ist charakteristisch für Personen, die ein wenig zurückgezogen sind, die, wie sie sagen, in ihrer eigenen Welt sind. Diese Kinder sind intelligent, sie haben einen Universitätsabschluss, aber sie funktionieren etwas anders.
- Sie haben mir Angst gemacht. Für einen Moment schienen Sie ernst zu sein.
- Wenn Ihr Sohn Autismus hat, dann ist er am Ende des Spektrums, weil er funktionsfähig ist. Vielleicht sind es nur wenige Elemente und deshalb ist es notwendig, Erkenntnisse zu gewinnen. Also schließen wir alle Möglichkeiten aus. – Er beendete das Gespräch, indem er mir die Papiere überreichte, aber es schien nicht zu Ende zu sein.
- Gibt es etwas, worüber man sich Sorgen machen muss? – Ich suchte beharrlich nach einer Antwort, denn es schien, als wollte er mir in einem Moment etwas sagen und in einem anderen ermutigte er mich, mir keine Sorgen zu machen.
- Ich hoffe nicht, aber bis wir mit der Arbeit mit dem Kind beginnen und bis alle Untersuchungen abgeschlossen sind, können wir nichts ausschließen. Kein Grund zur Sorge. Mozart, Tesla und Einstein hatten eine dem Autismus ähnliche Störung. Das sind dann nur hochbegabte Kinder, wenn man mit ihnen arbeitet. Es ist wichtig, so schnell wie möglich mit der Arbeit zu beginnen.
- Sind wir zu spät dran?
- Nein, überhaupt nicht, er ist noch klein, wir müssen noch mit ihm anfangen.

Ich verließ die Klinik um ein paar Kilogramm erleichtert. Ich war erleichtert, als ich herausfand, dass fast alles mit Arbeit korrigiert werden kann, aber ich war nicht erleichtert, als ich mich an Adnas Physiotherapien, meine langen Arbeitszeiten und die Arbeit erinnerte, die nur darauf wartete, dass ich mich ihr hingab.

„Autismus", „Autismus", „Autismus" – es klingelte wie eine Glocke in meinem Kopf. Ich fragte mich, was der Arzt mir wirklich sagen wollte und was Autismus bedeutete. Da ich noch nie von ihm gehört hatte, fragte ich mich, warum er ihn gerade jetzt erwähnt hatte. Wie konnte es eine Kleinigkeit sein? Ich lag im Bett, aber mein ganzer Körper zitterte. Ich konnte es kaum erwarten, ins Internet zu gehen und die Definition und die Symptome von Autismus zu finden.

Am nächsten Tag fand ich im Internet heraus, dass Autismus eine sehr komplexe biologische Störung des Gehirns ist. Es wurde geschrieben, dass solche Kinder eine schlechte Kommunikation haben, stereotyp sich wiederholendes Verhalten zeigen, dass sie Objekte auf unangemessene Weise in einer perfekten Reihenfolge anordnen, dass sie ihre eigene Sprache sprechen, dass sie sich nicht gerne berühren lassen und in ihrer eigenen Welt eingeschlossen sind. Mir war klar, dass es nichts mit meinem Sohn zu tun hatte, denn er war das größte Knuddelchen der Welt, spielte angemessen mit Spielzeug und war auch in dieser Welt präsent. Ich atmete erleichtert auf und sagte mir, dass der Arzt bald sehen würde, dass mein Sohn nichts damit zu tun hatte. Alma, eine Arbeitskollegin, erzählte mir, dass sie eine Frau aus ihrer Nachbarschaft kenne, deren Kind Autismus habe.

- Wie äußert sich Autismus?

- Ich weiß nicht. Sie sagten mir, dass der Kleine lange nicht sprach. Jetzt redet er ein bisschen, aber wenn er einen Raum betritt, muss er alles mit der Hand berühren. Er will nirgendwo hin und beruhigt sich nicht.

- Was haben sie ihr gesagt? Wer hat bei ihm Autismus diagnostiziert?

- Sie selbst sah, dass das Kind ein Problem hatte. Die Ärzte glaubten ihr nicht, und einer sagte ihr, sie solle ihn in einem Heim zurücklassen und ein weiteres Kind zur Welt bringen, woraufhin sie verrückt wurde und anfing, dagegen zu kämpfen.

- Wie sieht das Kind aus? Hatte es irgendwelche körperlichen Behinderungen?

- Man kann nichts sehen. Er ist hübsch wie eine Puppe. Ich kann die Nummer dieser Frau bekommen, also rede mit ihr. Frage sie, wie und wo sie Logopäden gefunden hat. Lass dich wenigstens von ihr führen. Vielleicht redet Adan, sobald du zum Spezialisten gehst. Wie viele Kinder kenne ich, die bis zum Alter von drei, vier oder fünf Jahren nicht einmal gesprochen haben. Einige sprachen nicht einmal bis zum Alter von sieben Jahren.

- In meinem Haus lebte ein Junge, der lange nicht sprach. Damals sagten sie, er habe nicht geredet, aber überhaupt nichts. Er war schon groß, er musste zur Schule gehen. Ich habe seinen Namen vergessen ... Später sprach er, er beendete die Schule und lebt jetzt irgendwo in Amerika.

- Auch hier gab es solche Fälle. Welches Kind hat schließlich nicht doch noch geredet?

Ich ging zurück zum Computer mit der Absicht, das nahe gelegene Gesundheitszentrum zu kontaktieren und nach einem Logopäden zu fragen, aber ich fing wieder an, Informationen über Autismus zu lesen. Alles, was ich las, war mir so unklar: Autismus ist eine neurologische Entwicklungsstörung des Gehirns, Menschen haben Kommunikationsschwierigkeiten, Probleme in der Sozialisation, sie können keinen Kontakt zu anderen Menschen finden ...

- Sehen Sie sich diese starken Empfehlungen an! Wer wird das alles von Anfang an tun? – Ich zeigte auf Alma.

- Du weißt, das du das musst!

- Ich weiß, aber ich kann keine Krankenhäuser mehr sehen, ich kann keine Korridore, Untersuchungen, Termine ertragen ...

- Überprüfe zumindest das Gehör. Wenn ein Kind nicht hören kann, ist das ein großes Problem.

- Ich weiß, er hört zweifellos, vielleicht nicht genug, aber er tut es.

- Sie müssen alles auf dem Papier haben. Woher weiß der Arzt etwas, wenn es keine Befunde gibt?

- Ich weiß. Ich werde einen Termin vereinbaren, aber zuerst muss ich einen Kindergarten finden. Er darf keinen Tag lang mehr mit der Oma und vor dem Fernseher im Haus verbringen.

Ich kontaktierte alle Kindergärten in meiner Nachbarschaft, aber sie waren alle voll, bis auf einen, für den ich Empfehlungen von einem anderen Elternteil hatte und der in unserer unmittelbaren Nähe war. Ich erklärte dem Besitzer des Kindergartens, der auch dort arbeitete und dessen Nummer ich hatte, was mit Adan los war und welche Aufmerksamkeit er brauchte.

- Keine Sorge, wir hatten viele solcher Fälle. Sobald er in mein „kleines Paradies" kommt, wird er sofort mit den Kindern und Tante Ana sprechen, singen und tanzen.

- Ich dachte, Sie würden mich ablehnen, nur weil das Kind nicht spricht.

- Das Problem ist, dass er noch nicht von seinen Windeln entwöhnt ist, aber wir werden sofort daran arbeiten. Ich mag es nicht, wenn Kinder lange Windeln tragen.

- Er trägt sie nicht mehr, aber das Problem ist, dass er nicht weiß, wann er auf die Toilette muss.

- Super, dann werden wir einen Weg finden, darüber zu kommunizieren.

Ich war fröhlich.

Ich beschloss, das Thema Autismus nicht mehr zu erwähnen.

Kindergarten

Frau Ana war eine junge Frau, freundlich, aber streng.

In den ersten Augenblicken stieß mich ihre Strenge ab, weil ich sie für einen zu kalten Menschen hielt, aber sie verstand es trotzdem, das Kind in sich hineinzulassen und mit Kindern zu spielen. Ich beneidete sie darum, weil ich längst vergessen hatte, wie man das macht.

Adan war ängstlich. Er fing an rückwärts zu gehen, er hatte Angst vor Kinderlärm, manchmal wollte er den Kindergarten nicht betreten, er weinte und wollte so weit wie möglich weg von dort. Wir mussten den ersten Tag nicht bleiben, also gingen wir zurück nach Hause. Am nächsten Tag verhielt er sich genauso und weigerte sich einzutreten. Ana packte ihn, führte ihn hinein und schloss die Tür.

- An die Arbeit. Kinder haben einen Platz bei Kindern, Erwachsene bei Erwachsenen. Weine nicht, er gehört zu seinen Freunden - hat sie mir gesagt.

Ich nickte und wischte mir die Tränen weg. Ich stieg ins Auto und fuhr weiter zur Arbeit. Ich war traurig und glücklich zugleich – traurig, weil ich wusste, dass die Umstellung schwer für ihn sein würde und er Zeit brauchen würde, sich daran zu gewöhnen, und ich war glücklich, weil ich wusste, dass er keine Zeit mehr vor dem Fernseher verbringen würde. Wenn ich so lange arbeiten muss, lass ihn wenigstens bei seinen Altersgenossen sein, lass ihn tanzen und singen, dachte ich.

Der Tag war so lang wie ein Jahr, ich konnte es kaum erwarten, ihn zu holen.

- Alles war in Ordnung, er ist großartig! Bring ihn morgen vorbei und mach dir keine Sorgen. Noch ein bisschen, und er wird wie die anderen nicht mehr nach Hause wollen - sagte Ana, während er still dasaß und darauf wartete, dass ich ihm die Schuhe anzog.

- Du weißt nicht, wie sehr ich mir Sorgen gemacht habe. Bisher war er nur bei seiner Schwester, die gerade verletzt ist, ich habe angefangen zu arbeiten, also ist er etwas vernachlässigt und ich kann es kaum erwarten, dass er sich mit den Kindern beschäftigt.

- Er wird glücklich mit uns sein, keine Sorge. – Sie machte eine Handbewegung, die zeigte, dass sie für all meine Gründe keine Zeit hatte. Ich umarmte ihn, ganz glücklich, dass er den ersten Tag überstanden hatte, der der schwerste ist. Andere würden einfacher sein.

Am nächsten Tag brachte ich ihn wieder in den Kindergarten und alles war wieder in Ordnung. Als wir in den Park gingen, war es schon heiß, aber Adan wollte seine dicke Jacke nicht ausziehen. Tatsächlich wollte er zuerst gar nicht in den Park gehen, und dann fing er an zu weinen, als ich versuchte, ihm die Jacke auszuziehen. Er wand sich und schrie aus voller Kehle, er fing an vor mir wegzulaufen. Ich konnte ihn beinah unmöglich beruhigen und nahm ihn mit nach Hause. Er benahm sich wie ein wütendes Tier.

Am nächsten Tag erklärte ich Frau Ana, was passiert war, und wies darauf hin, dass es wegen seiner Ankunft im Kindergarten und wegen seiner für ihn schwierigen neuen Umgebung passiert sein musste. Wir gingen weiter in den Kindergarten. Jetzt löste er sich leichter von mir und hatte es eilig, ins Haus zu kommen, unter seine Freunde. Er schien das neue Regime zu akzeptieren und meine Freude war endlos. Ich würde ihm dabei zusehen, wie er vom Auto aus fröhlich den Kindergarten ansah und Tag für Tag immer schneller darauf zuging. Ich folgte ihm langsam mit einem Lächeln im Gesicht, überglücklich, dass er sich endlich in einer neuen Welt wiedergefunden hatte. Eine Frage von Frau Ana brachte jedoch den Schatten zurück ...

- Hört Adan gut? Wurde sein Gehör schon einmal überprüft? Seien Sie nicht böse, das sind heikle Angelegenheiten und ich möchte mich nicht einmischen.

- Wir haben keine Hörtests mit ihm gemacht, aber ich weiß, dass er uns hört. Warum fragst du? Was ist passiert?

- Er dreht sich nicht um, wenn ich ihn rufe. Ich kann ihn fünfmal rufen, aber er dreht sich nicht um, bis ich seine Schulter berühre. Wenn es im Raum viel Lärm gibt, hält er sich die Ohren zu, als würde ihm etwas wehtun.

- Es ist nichts. Manchmal macht er das bei mir auch. Manchmal muss ich zu ihm gehen, um ihn erreichen. Lärm stört ihn sicherlich, Lärm und viele Kinder ist er nicht gewöhnt. Aber gib ihm Zeit.

- Gut. Es sah für mich so aus, als könnte er nicht hören. Ich will dich nicht erschrecken, aber Sprechen und Hören hängen zusammen, also dachte ich, das könnte der Grund sein, warum er nicht spricht.

- Er hört, das weiß ich, er ist nur ein bisschen desinteressiert, aber jeden Tag wird er glücklicher.

Voller Zweifel ging ich nach Hause.

Ich fing an ihn zu rufen, aber er drehte sich nicht um.

Sobald das Handy sein Lieblingslied spielte, kam er sofort angerannt. Ich fing an, das Lied spielen zu lassen und mein Handy zu verstecken, aber jedes Mal fand er es, egal, wo ich es hinlegte. Und als ich ihn anrief, drehte er sich erst zum siebten Mal um, und da fing ich an zu schreien. Ich glaubte immer noch, dass er ein ausgezeichnetes Gehör hatte und seinem Ungehorsam noch Sturheit hinzufügte.

Ich habe jeden Abend mit ihm gespielt. Er liebte es, in der Wohnung herumzuschaukeln, sich zu kitzeln und sich zu verstecken.

Ich habe versucht, ihm mehrere Befehle zu geben, aber er hat sie nicht ausgeführt. Ich wollte ihn nicht unter Druck setzen. Ich habe ihm beigebracht, alleine zu essen, und ich habe ihm Bilderbücher mit Tieren gezeigt, weil es die einzigen waren, die er sich ansehen wollte. Krämpfe und Wut begannen in mir zu wachsen.

Die Kommentare der Kindergärtnerin verwandelten sich in Bedauern.

Sie hielt sich nicht länger zurück und jeder folgende Tag wurde schlimmer als der vorherige.

Ich spürte, dass ich nach einer anderen Lösung suchen musste.

- Heute hat er ein kleines Mädchen an den Haaren gezogen, während sie sich um ein Spielzeug gestritten haben. Er hat den Jungen geschlagen. Er warf mit Spielzeug und zerschmetterte fast das Fenster – die Tante, die sich um ihn kümmerte, beschwerte sich immer wieder. Es gab keinen Tag, an dem er nichts Schlimmes getan hätte.

- Heute hat er einen Jungen in die Hand gebissen. Er ist sehr aggressiv, jeden Tag wird er aggressiver. Ich fürchte, dass das so nicht geht, weil wir ihn ständig trennen müssen - sagte Ana, und ich wollte den Kindergarten um keinen Preis aufgeben.

- Er kann nicht sprechen und es ist logisch, dass er eine Form von Frustration zeigt, wenn er wütend ist. Er möchte nicht, dass irgendjemand seine wenigen Spielsachen anfasst, von denen er glaubt, dass sie nur ihm gehören.

- Versuchen Sie es mit nur einem Kind. Lassen Sie nicht alle Kinder um ihn herum sein, denn anscheinend stört ihn die Menge - antwortete ich.

- Ich weiß. Ich bin ein Pädagoge. Er hebt sich sicherlich von der Gruppe ab. Er nimmt alle Spielsachen, die er mag, und geht damit in eine Ecke und spielt auf seine eigene Weise. Und alles ist gut, bis ein Kind auf ihn zukommt oder sein Spielzeug nimmt. Dann fängt er an zu schreien, wirft sich hin und wir können ihn nicht beruhigen. – Die Kindergartenleiterin verdrehte die Augen.

- Bis jetzt hatte er alle Spielsachen für sich, er teilte sie mit niemandem. Jetzt muss er sie plötzlich teilen. Deshalb ist er wütend - erklärte ich ihr und glaubte wirklich, dass dies der Grund für seine Aggression war.

Die täglichen Kommentare fingen an mich zu stören und zu verletzen. Es schien mir, dass er den Kindergarten genoss, weil er es kaum erwarten konnte wieder hinzugehen. Während andere Mütter nach der Arbeit mit ihren Kindern sprachen, musste ich mir Beschwerden über sein Verhalten anhören. Während ich ihn ankleidete, beobachtete ich heimlich seine Freunde und verglich sie mit ihm. Es gab solche, die kleiner als er und in seinem Alter waren und viel mit ihren Müttern sprachen, während mein Sohn kein einziges Wort für mich übrig hatte. Später fasste ich Mut und fragte unauffällig:

- Wie alt ist Ihr Kind?

- Er ist jetzt zwei Jahre alt.

Jede ihrer Antworten stach wie ein Messer in mein Herz. Sein Schweigen hat mich in solchen Momenten am meisten verletzt. Von Tag zu Tag fiel es mir immer schwerer, dass er mir nichts sagen konnte. Mit der Zeit nahm ich eine Kampfhaltung gegenüber den Erziehern ein, weil ich wollte, dass er um jeden Preis im Kindergarten blieb. Ich habe all ihre Kommentare ignoriert und sie haben aufgehört, mit mir darüber zu reden.

Ana wurde ernst und explizit: Adan braucht zusätzliche Hilfe - sagte sie und ich begann langsam zu akzeptieren, dass wir einen Logopäden dringender brauchten als den Kindergarten und dass der Kindergarten die Sprachentwicklung nicht förderte.

- Wo finde ich einen Logopäden? Wer bringt ihn zum Logopäden? Ich arbeite neun Stunden am Tag, ich habe ein Kind, das wegen eines Knochenbruchs kaum laufen kann, ich habe nicht einmal Geld, ich kann kaum diesen Kindergarten bezahlen. – Ich war voll von diversen Belastungen von allen Seiten, Probleme, die ich weder kannte noch lösen konnte.

- Sie müssen! Lassen Sie den Ehemann eingreifen, rufen Sie ihn an. Lassen Sie ihn sich einen Logopäden suchen.

Ich schüttelte den Kopf und seufzte.

Adans Probleme existierten nicht einmal für meinen Mann. Er sah sie weder, noch interessierten sie ihn. Er behauptete, dass Adan nichts brauche, dass ich vorgab, eine besserwisserin zu sein , aber ich hatte keine Lust, darüber zu reden.

- Keine Sorge, ich werde einen Weg finden, ihn irgendwie in die Logopädie zu bringen.

Ich rief jeden und überall an, aber es gab nirgendwo einen Logopäden – außer in einer Sonderschule.

Ich fand Logopäden, die privat arbeiteten und bei denen es keine Termine gab. Sie waren alle zu beschäftigt oder zu teuer.

Ich bin zu verschiedenen Vereinen gegangen, aber wir haben nirgendwo konkrete und kontinuierliche Arbeit bekommen. Adan hatte Angst vor jedem neuen Zimmer und diese kurzen Treffen mit Logopäden brachten keine Ergebnisse. Wir brauchten etwas Dauerhaftes, aber Sprachtherapie-Termine waren so teuer, dass ich mir nicht mehr als einen Termin im Monat leisten konnte, und wir brauchten jeden Tag diese Arbeit.

Ich suchte einen Logopäden, Adan ging noch in den Kindergarten, aber ich merkte, dass er es mehr wegen dem Spielzeug als wegen den Kindern eilig hatte. Er konnte es kaum erwarten zu kommen und mit der Holzeisenbahn und den Spielzeugautos zu spielen, die ihn den ganzen Tag nicht losließen. Er verbrachte den Tag in der Ecke des Zimmers und wartete darauf, dass ich ihn abholte.

Almas Sohn hatte nach der Lippenoperation ein Problem und ich erinnerte mich, dass sie sich bei mir beschwerte, dass sie auch keinen Logopäden finden konnte, dass es sehr schwierig war, einen guten Spezialisten zu finden und dass sie ihren Sohn jahrelang selbst angeleitet hatte. Ich rief sie gleich an.

„Vladimir Nadzor" war eine Sonderschule, also ein Zentrum für Kinder mit Entwicklungsstörungen, und davor hatte ich am meisten Angst. Wir brauchten dringend eine Logopädin, aber ich wollte mein Kind deswegen auf keinen Fall auf eine Sonderschule schicken. Es musste einen anderen Weg geben.

- Ich kann ihn nicht dorthin bringen! Wie werde ich? Gibt es in jeder normalen Schule einen Logopäden?

- Warum? - fragte sie mich erstaunt.

- Die besten Logopäden arbeiten in speziellen Einrichtungen oder Schulen. Sie haben die meiste Erfahrung, besonders dieser Nermin, den ich erwähnt habe. Sie brauchen eine starke Verbindung. Ich war mit meinem Sohn dort und ich weiß nicht, was ich getan hätte, wenn es diesen Logopäden nicht gegeben hätte. Wir gehen schon lange nicht mehr hin, aber du solltest, und zwar jetzt.

- Hat ihm der Logopäde wirklich so sehr geholfen?
- Er sprach erst im Alter von drei Jahren. Richtig zu sprechen begann er erst mit vier Jahren, die größten Erfolge erzielte er jedoch bei einem Logopäden. Dann korrigierte er seine Redeweise vollständig.
- Aber meiner sagt immer noch nichts – überhaupt nichts!
- Versteht er dich, wenn du ihm etwas sagst und es ihm zeigst?
- Er versteht die meisten Dinge, aber er kann nicht sprechen.
- Keine Sorge. Schalte jemanden einfach ein und du wirst bald die Änderungen sehen. In einem halben oder einem Jahr wird es ein anderes Kind sein.

Am selben Tag rief ich die Sonderschule an. Ich hatte einen Magenkrampf, aber es gab nichts, was ich nicht tun wollte, um meinem Sohn zu helfen.

- Es tut mir leid, wir können keine Logopädie anbieten, ohne das Kind zu beobachten. Wir müssen das Kind erst beobachten und dann einschätzen, ob es einen Logopäden braucht oder nicht und ob es zusätzliche Arbeit braucht. – Das waren die berühmten Worte, die Worte, mit denen man mich immer und überall begrüßte.
- Er braucht keine zusätzliche Arbeit. Er braucht nur einen Logopäden. Ich zahle, was nötig ist ...
- Wir müssen das Kind beobachten. Nur dann können Sie unsere Dienstleistungen in Anspruch nehmen. Wir akzeptieren keine Kinder unter drei Jahren, daher können wir Ihren Sohn auch nicht nach diesem Kriterium aufnehmen. Wir sind eine staatliche Einrichtung und so ist das Verfahren.
- Danke, ich werde woanders Hilfe suchen!

Ich legte auf und bereute es sofort, weil ich keine andere Wahl hatte. Ich hatte bereits alle Logopäden der Stadt kontaktiert und war so verzweifelt, dass ich nicht noch eine Minute warten wollte. Ich musste um jeden Preis zu einem Logopäden. Ich rief die Sonderschule erneut an.

- Wenn Sie das Kind beobachten, kann ich einen Logopäden bekommen?

- Natürlich, wenn die Arbeit eines Logopäden erforderlich ist. Und alles, was Sie sonst noch brauchen. Aber Ihr Sohn ist noch keine drei Jahre alt?

- Stimmt, aber ich werde nicht ein halbes Jahr warten, um ihn zu Ihnen zu bringen. Wenn mein Junge einen Logopäden braucht, kann ich kein halbes Jahr warten. Ich bringe ihn gleich mit. Vereinbaren Sie schnellstmöglich einen Termin mit mir!

- Wir haben den ersten Termin am Dienstag um neun Uhr. Passt Ihnen das?

- Es passt. Soll ich mein Kind mitbringen?

- Nein. Zunächst kommen nur Sie zum Beratungsgespräch, dann vereinbaren wir, wann Sie mit dem Kind kommen.

Irgendetwas stimmt jedoch nicht

„Jammere nicht zu viel über kleine Schmerzen,
denn das Schicksal könnte anfangen,
dich mit großen zu behandeln."

P. Neureda

Vor mir lagen Papiere und Fragen dazu – wann und wie habe ich das Kind geboren, wann habe ich ein Problem mit dem Kind bemerkt, hat jemand in meiner Familie oder der Familie meines Mannes Entwicklungsprobleme, mit wie viel Monaten oder Jahren hat Adan angefangen zu laufen? Wann fing er an, mit dem Finger zu zeigen, gab es irgendwelche Komplikationen nach der Geburt? ... Ich war teilweise ehrlich, doch ich erwähnte kein Zittern, noch dass irgendjemand Schwierigkeiten in der Familie hatte. Ich sah keine Notwendigkeit, darüber zu reden. Ich wiederholte zum x-ten Mal an diesem Tag, dass ich nur wegen der Logopädin hier sei.

- Mein Sohn hat keine anderen Schwierigkeiten, außer dass er nicht spricht. Alles andere ist bei ihm in Ordnung. Ich weiß nicht, was so viele Fragen bedeuten! Er ist gesund und fit, er wurde rechtzeitig geimpft, er entwickelte sich normal, er spielte und schaute und zeigte mit dem Finger auf alles, was er tun sollte … Ich wurde immer nervöser, es schien mir, als suche man ein Problem, wo keines war.

- Versteht er, wenn Sie ihn um etwas bitten? - fuhr sie zu fragen fort und ignorierte meine Behauptungen vollständig.

- Er versteht, das heißt, ich verstehe ihn, wenn er etwas will, gebe ich es ihm. – Ich habe absichtlich gekontert, aber ich wusste die Antwort auf ihre Frage nicht.

- Zeigen Sie mir, wie Sie mit ihm kommunizieren!

- Er nimmt meine Hand und führt mich zu dem, was er will.
- Wie reagiert er, wenn Sie ihm nicht geben, worum er bittet?
- Manchmal wird er wütend, manchmal schreit er, aber nicht übermäßig.
- Tut er sich oder Ihnen weh, wenn er wütend ist?
- Nein, er ist noch klein! Wie könnte er sich oder mich verletzen, er ist zweieinhalb Jahre alt?!
- Das muss ich fragen ...
- Am besten bringe ich meinen Sohn mit.Am besten ist es, ihn zu sehen, um sich selbst davon zu überzeugen, dass alles in Ordnung mit ihm ist. Sie werden sehen, dass Sprache das einzige Problem ist ... Mir wurde gesagt, dass ein Logopäde es lösen wird ...
- Wer hat das gesagt?
- Sein Kinderarzt.
- Und was hat der Spezialist gesagt?
- Es sei sinnvoll, ihn im Kindergarten anzumelden und ihn zu einer logopädischen Behandlung zu bringen.
- Er hat Ihnen gegenüber keine Störungen oder Ähnliches erwähnt?
- Natürlich nicht. Ich werde Ihnen eine Kopie seiner Ergebnisse bringen, damit Sie sich selbst davon überzeugen können. Ich wiederhole Ihnen zum hundertsten Mal, dass mein Kind nichts hat, nur spricht er nicht, und ersparen Sie mir mehr von diesen unnötigen Fragen!

Ich verlor meine Geduld wegen der dummen und unnötigen Fragen. Ich wollte nicht mehr antworten und war bereit, dieses Gespräch aufzugeben. Sie erkannte dies und die Befragung wurde abgebrochen. Sie ging und ließ mich allein im Klassenzimmer. Ich war wütend auf die Frage und begann schnell zu atmen. Ich stand auf. Ich konnte mich nicht mehr beruhigen. Ich sah Bilder von Kindern und ihren Bastelarbeiten auf den Schulfluren. Mein Magen verkrampfte sich und ich konnte es kaum erwarten, nach draußen zu gehen.

Sie kam bald. Ich nahm das Blatt Papier und ging hinaus. Ich setzte mich auf Bank. Meine Beine zitterten und mein Magen brannte vor Nervosität. Ich verstand ihre Beharrlichkeit nicht, es schien, als suchte sie bewusst nach einem Problem bei meinem Sohn, als wollte sie es finden.

Die Tage bis zur Beobachtung vergingen mit Erwartungen

Zu Hause habe ich versucht, Adan besser zu beobachten.

Ich forderte ihn auf, mir etwas zu bringen, aber bei jeder Bitte schrie er und wandte sich von mir ab. Ich führte es auf seine plötzlichen Stimmungsschwankungen zurück, und er war schließlich wie ich – schwierig und stur. Aber ich gab nicht auf.

- Bring Mama die Fernbedienung! Gib mir die Fernbedienung!

Ich war hartnäckig und zeigte mit meinem Finger auf der Fernbedienung auf ihn, aber er wandte sich von mir ab und machte weiter, als ob er nicht einmal registrierte, was ich zu ihm sagte. Ich war überrascht von der Situation. Ich konnte ihn nicht dazu bringen, irgendeine Aufgabe zu erledigen, nicht einmal die einfachste. Wieder geriet ich in Panik bei dem Gedanken, dass er mich vielleicht doch nicht verstehen könnte. Ich lehnte einen solchen Gedanken kategorisch ab und begründete sein Verhalten mit Verwöhntheit und Sturheit.

Als wir zur Beobachtung kamen, erwarteten uns wieder Fragen und Fragen. Ich bat sie, diesen Teil zu überspringen und uns dem Logopäden vorzustellen.

Ich betrat ein kleines Klassenzimmer, in dem drei Kinder waren. Eines war in einem Rollstuhl und wiederholte ein und dasselbe Wort; ein anderes fädelte Perlen auf ein improvisiertes Schneidebrett, und das dritte spielte auf dem Boden und sah mich durch eine dicke Brille an. Ich lächelte die Kinder und die Lehrerin an, die dasaß, als ob sie im Unterricht wäre, aber sie schien eher abwesend zu sein.

Ich hatte Angst, dass Adan sich aufregen würde, dass er schreien und die Stille stören würde, aber ein Spielzeug mit verschiedenen Bällen erregte seine Aufmerksamkeit.

Plötzlich kam ein kleines Mädchen ins Klassenzimmer gerannt, sie brachte sofort etwas Lebendigkeit in den Raum, sah mich direkt an und lächelte mit einem fröhlichen, kindlichen Lächeln.

Mir fiel sofort auf, dass sie keinerlei körperliche Beschwerden hatte, sie sah aus wie ein ganz normales und gesundes Kind.

Ich dachte, was macht so ein Kind hier, vielleicht braucht sie einfach einen Logopäden?

Ich wurde aus meinen Gedanken gerissen, als ein Typ in den Dreißigern die Tür betrat, er sah gut aus und wirkte fröhlich. Er grinste, streckte seine Hand aus und sagte:

- Ich bin Nermin, den Sie suchen.

Ich streckte ihm meine Hand entgegen und sagte meinen Namen.

Ich war froh, dass er endlich auftauchte und dass jemand Junges mit Adan arbeiten würde.

- Ist das unser schöner Adan? fragte er fröhlich und sahen von mir zu ihm hinunter.

Er streckte seine Hand aus und fügte sarkastisch hinzu:

- Gib mir fünf!

Adan nahm das Spielzeug vom Tisch und versuchte es ihm zu geben. Nermin wiederholte noch einmal: „Gib mir fünf" und streckte seine Hand aus, die sich nun direkt vor Adans Gesicht befand, aber er reichte ihm immer noch das Spielzeug, drehte sich verwirrt mal zum Tisch und mal zum Logopäden.

- Leg deine Hand auf seine, Adan! – Ich habe mich selbst eingemischt, weil ich nicht verstand, warum er das tat, warum er so reagierte, warum er ein Spielzeug statt einer Hand reichte.

- Adan, leg deine Hand auf die von dem Herrn! Du musst ihm kein Spielzeug geben!

Ich schrie und meine Stimme zitterte und er fing an zu weinen. Im Klassenzimmer herrschte Stille. Niemand lachte mehr. Adan gab das Spielzeug wieder, wieder und wieder. Ich bedeckte mein Gesicht mit meinen Händen und begann vor allen laut zu schreien, während der Logopäde das Spielzeug mit seinen Händen auf den Tisch legte.

Ich musste sofort an die frische Luft, ich musste mich übergeben. In der Nähe war ein Fluss. Ich rannte schnell zu ihm, kniete nieder und fing an mich zu übergeben. Meine Ohren klingelten. Ich dachte, mein Kopf würde explodieren.

- Oh, lieber Gott, etwas stimmt nicht! Adan versteht nicht, es ist falsch, er versteht nicht, es ist falsch, es ist falsch, etwas ist falsch, sie hatten recht! – Ich schluchzte laut auf.

Ich fühlte einen starken Schmerz in meiner Brust und ich konnte nicht atmen, ein Schmerz wie beim Anblick meiner toten Mutter. Ich legte mich ins Gras am Fluss. Ich sah auf das Wasser, aber ich hörte sein Geräusch nicht. Ich habe weder die Vögel noch den Verkehr gehört. Ich öffnete langsam meine Augen. Ich habe die Äste gesehen. Ich spürte das nasse Gras und die Blätter an meinen Händen und meiner Kleidung kleben. Ich erinnerte mich, dass ich Adan in der Schule allein gelassen hatte. Ich vergaß, dass seine Oma an diesem Tag mit mir kam und vor der Schule auf ihn wartete. Ich kam zurück, aber ich kam nicht mehr rein. Ich ließ ihnen Geld für ein Taxi zurück und bat sie, ihm etwas zu kaufen und den Logopäden zu sagen, dass ich anrufen und ihnen erklären würde, was passiert war.

Zur Arbeit ging ich ging nicht.

Ich sprang auf dem Weg zur Arbeit über einen Zaun, setzte mich ins Gras und fing an, alle Tränen der Welt zu vergießen. Es waren Tränen, die nicht nach außen flossen, als hätte ich sie innerlich geweint. Tränen, wie ich sie noch nie zuvor geweint hatte. Ich fühlte eine Verzweiflung, von der ich nicht einmal wusste, dass sie zu spüren ist, eine Verzweiflung, für die es keine Worte gibt. Ich wollte sowohl sterben als auch leben. Ich sah in den Himmel:

- Oh Gott, wie ich dich hasse! Du hast mich verraten, verdammt! Durch wessen Recht bist du gerecht? Kannst du mich hören?! Ich hasse dich aus tiefstem Herzen! Du hast kein Recht, ihn mir so wegzunehmen! Verräter! Weißt du, wie sehr ich dich verachte? Ich hasse dich!

Schloss des Grafen Dracula

Ich bin an dem Tag trotzdem nach Hause gegangen.

Ich fuhr die Kinder zu meiner Schwiegermutter.

Ich musste an diesem Abend allein sein.

Ich musste meine Gedanken und Gefühle ordnen und neu bewerten.

Ich nahm die Autoschlüssel und fuhr los, ohne zu wissen, wohin ich wollte und ob ich überhaupt fahren konnte.

Was war der Tod im Vergleich zu dem Leben, das mich erwartet?

Ich erinnerte mich an einen Film, den ich vor langer Zeit gesehen hatte, über eine Mutter, die ein Kind mit Downsyndrom zur Welt brachte. Es wurde zu einem Kampf, bei dem die Mutter sich und ihre Familie verlor, indem sie sich diesem Kind und seinen Bedürfnissen hingab. Ich habe diesen Film nie vergessen. Ich dachte damals, wie dankbar ich war, gesunde Kinder geboren zu haben, und überzeugte mich, dass wir die Unzufriedenheit nicht in kleinen Dingen suchen sollten.

War ich schuld am Zustand meines Sohnes?

Vielleicht war ich keine gute Mutter?

Vielleicht hatte ich ihn nicht genug beschützt?

Es schien mir, dass ich nichts gut machen konnte, dass alle meine Entscheidungen, die ich in meinem Leben getroffen hatte, falsch waren. Ich hatte ihn vernachlässigt, ich hatte nichts für ihn getan. Alles stand ihm im Weg und nahm so viel Zeit in Anspruch, die ich nicht zurückbekommen konnte.

Wie konnte ich damit leben?

Die Dunkelheit war längst hereingebrochen. Es donnerte und regnete fast den ganzen Tag.

Es regnete in einem kleinen Nieselregen voller Traurigkeit. Donner war im Hintergrund zu hören, als ob es mich verlassen und weggehen würde.

Nichts sagte mir, dass Gott da war. Um mich herum waren Dunkelheit und Traurigkeit.

Vielleicht geht es meinen Kindern ohne mich besser?

Sie werden von jemandem adoptiert, der besser ist als ich, besser als wir ...

Ich sollte sie gehen lassen, wenn ich ihnen schon nicht das Leben geben kann, das sie verdienen ...

Ich konnte damit nicht umgehen, dass Adan anders war. Ich konnte sein Leiden nicht mitansehen und war zerrissen von dem Gedanken, dass ich es nicht verhindern und ihm nicht helfen konnte, dass ich seine Grenzen betrachten musste und mein ganzes Leben lang dachte, es sei meine Schuld. Andere Kinder werden ihn verspotten, ihn damit aufziehen, ihm mitleidige Blicke zuwerfen; vielleicht werden sie ihn eines Tages schlagen und ich werde ihn nicht verteidigen können, ich werde hilflos sein, genau wie jetzt. Sie werden sich über meine Tochter ebenfalls lustig machen und sie wird leiden, meine Prinzessin, sie wird darunter leiden, sie wird ihr ganzes Leben lang dieses Kreuz tragen.

Heiße Tränen verschleierten meine Sicht. Ich hielt vor der Brücke an, die wir oft auf unserem Weg zum nahen Berg passierten. Ich stellte das Auto ab und schaute in die Dunkelheit. Ich stieg aus dem Auto und ging zur Brücke. Ich ging auf sie zu wie ein Sträfling auf den Platz, wo er im Begriff ist, das Todesurteil oder die lebenslange Haftstrafe zu erhalten. Ich kletterte auf das Geländer der Brücke. Alles war rutschig und ich blieb kaum am Rand, aber ein Gedanke pulsierte in meinem Kopf: Spring von der Brücke! So ein Leben will ich nicht führen!

Ich schaute in den Abgrund, aber wegen der Dunkelheit war nichts zu sehen. Ich versuchte mich an seine Tiefe und sein Aussehen zu erinnern, aber nichts war zu sehen. Der leichte Regen durchnässte meine Kleidung und mein Gesicht. Ich zitterte am ganzen Körper, aber ich war mir nicht sicher, ob es aus Angst oder vom Regen kam. Ich dachte an meinen Sohn und meine Tochter. Ich würde sie in ein paar Jahren nicht mehr sehen können, wenn sie erwachsen sind ... Wie würden ihre

Augen aussehen, ihre Haare, ihr Geruch? Ich würde nicht mehr sehen, wie sich dieses noch schlafende Gesicht in einen ernstes Gesicht verwandelte ...

Ich würde sie nicht mehr riechen können ...

Werden sie so schön bleiben wie jetzt?

Werden sie sich an mich erinnern?

Wird Adan wissen, dass er eine Mutter hatte?

Werden sie noch unglücklicher sein, wenn sie mich verlieren?

Habe ich das Recht, ihnen ihre Mutter wegzunehmen?

Ich kann nicht! Ich muss unsere Geschichte kennenlernen! Es darf nicht das Ende vor dem Ende sein!

Ich muss wissen, was mit ihrem Leben passieren wird!

Ich verheimliche meine Träume; diese einzige Reise, von der ich seit meiner Kindheit geträumt habe. Die Leute hatten ihre Träume von den Ländern, die sie besuchen wollten, aber die Reise meines Lebens war ungewöhnlich, also schwieg ich darüber. Ich wollte das berühmte Schloss des Grafen Dracula in Rumänien sehen. Die Geschichte von Vladi Tepes, die ich in meiner Kindheit gelesen habe, hat mich immer angezogen.

Wenn ich heute Nacht sterbe, werde ich das Schloss nie sehen. Aber wenn ich am Leben bleibe, werde ich es vielleicht eines Tages mit meinen Kindern besuchen. Ich gebe ihnen vielleicht nicht alles, was sie brauchen, aber niemand auf der Welt kann sie so lieben wie ich. Das Leben ist grausam und manchmal tut es weh, aber ich kann Wunden verbinden, ich kann sie trösten, wenn ich sie auch nicht beschützen kann. Ich möchte für Liebe, Unterstützung und Stärke in Erinnerung bleiben, aber niemals für Verrat.

- Ich muss ihn eines Tages nach Rumänien bringen! – Ich hielt mich am Metallzaun fest, aber meine Hände rutschten ab. Meine Absicht zu springen verwandelte sich plötzlich in die Angst, auszurutschen und in den Abgrund zu stürzen. Ich schob schnell meine Beine zurück.

- Vielleicht sterbe ich eines Tages, aber heute ist nicht dieser Tag.

Ich sah in den dunklen Himmel.

Ich wusste, dass Gott mich gesehen hatte.

Ich habe das Licht am Ende des Tunnels nicht gesehen. Ich erwartete ein Wunder, das plötzlich aufblitzen und die Dunkelheit der Nacht klären, die Mauer gefallener Träume, verschwundener Hoffnungen und ungewisser Zukünfte niederreißen würde, hoffte, dass alles wieder so werden würde, wie es war, wollte plötzlich nur noch weg von hier, ich wollte nicht die Frau sein, die hier gerade stand und im Begriff war zu springen. Ich habe entschieden, dass ich es nicht tun kann, dass ich nicht springen und auch nicht aufgeben werde.

Wegen meinen Kindern, wegen mir selbst und diesem einzigen Leben, das ich habe!

Hoffnung

Es gibt keine schönere Hoffnung als die,
die dem Leid entsprungen ist,
es gibt keine schöneren Träume als die aus Schmerz geborenen.
Ivan Cankar

Adan ging noch in den Kindergarten.

Ana merkte, dass etwas Schreckliches passiert war, aber sie fragte mich nicht weiter.

Ich habe zu Hause geübt zu lächeln.

Ich wollte nicht, dass die Menschen den Abgrund in meiner Seele bemerken.

Meine Tochter schleppte immer noch ihr Bein nach, aber es ging ihr von Tag zu Tag besser.

Ich brachte Adan weiterhin zu einer Sonderschule. Nichts hinter dieser Tür interessierte mich. Ich wurde mit einer Gruppe anderer Eltern vor der Schule zurückgelassen.

Ich habe diese Zeit genutzt, um über die Reihenfolge meiner Schritte nachzudenken und ob und wie ich mir und ihm professionelle Hilfe holen konnte.

Die anderen Eltern wussten auch, warum sie dort waren. Sie saßen auf der Böschung vor der Schule, lachten, rauchten und tranken Kaffee, und ich saß allein auf der Bank.

- Wie können sie lachen, wenn sie solche Kinder haben? Sie haben immobile, kranke Kinder, Kinder im Rollstuhl, behinderte Kinder! Wie können sie lachen? Werde ich jemals wieder in meinem Leben lachen? Ist es möglich? Sie müssen leiden wie ich, aber sie haben gelernt, sich hinter diesem Lachen zu verstecken! Sie können nicht glücklich sein, wenn Sie ein krankes oder gestörtes Kind haben! Es ist das Schwerste, was passieren kann, vielleicht sogar schwerer als der Tod! - fragte ich mich und weinte vor mich hin.

Ich habe diesen Eltern den Rücken gekehrt und sie haben nicht einmal versucht, sich mir zu nähern. Ich hatte Angst, dass der Tag kommen würde, an dem ich mich ihnen anschließen und ein Teil von ihnen werden würde. Ich wehrte mich dagegen und hoffte, dass wir vielleicht nie Freunde werden und dasselbe Schicksal teilen würden. Ich redete mir ein, dass ich sie nicht treffen musste, aber ich wollte ihnen unbedingt Hunderte von Fragen stellen, besonders der Mutter des kleinen Mädchens, das ich am ersten Tag getroffen hatte.

Ich konnte mich immer noch nicht damit abfinden, dass mein Sohn eine Fernbedienung, eine Tasse und ein Spielzeug nicht unterscheiden kann. Ich war mir nicht einmal mehr sicher, ob er verstanden hatte, was ich zuvor gesagt hatte. Ich glaubte, dass er es nicht verstand, weil er es nicht konnte, nicht weil er es nicht wollte. Jede noch so kleine Zusammenarbeit gab mir Hoffnung, und dann überkamen mich wie ein Sturm vor dem Regen dunkle Gedanken und zerstörten die wenigen Träume, die ich hatte. Widerstand baute sich auf.

Ich hatte niemanden, mit dem ich meine Ängste und Zweifel teilen konnte. Ich habe mich nicht einmal mehr an Gott gewandt, weil ich glaubte, dass er mich verraten hatte. Es fiel mir schwer, jemanden anzurufen. Ich habe mich nicht getraut, das Wort „Autismus" auszusprechen. Ich starrte stundenlang ins Leere, rief nach meiner Mutter und es schien mir, dass nur ihre Umarmung so viel Schmerz lindern könnte. In diesen schwierigsten Momenten waren Bücher die einzige Therapie. Ich wohnte über der Bibliothek, also benutzte ich Bücher, um meine schlaflosen Nächte zu verkürzen und dunkle Gedanken zu verbannen. Ich suchte in ihnen nach Antworten. Manchmal lese ich auch Bücher über Autismus, aber nie bis zum Ende und nie länger als ein paar Stunden pro Woche. Je mehr ich über diese Störung las, desto weniger verstand ich etwas davon. Sie alle schrieben über talentierte und begabte Kinder und fügten hinzu, dass Autismus eine unheilbare Erkrankung sei, die ein Leben lang anhält. Es gab keine Möglichkeit, mir ein klares Bild davon zu machen, was Autismus wirklich ist.

Die Geschichten über die Talente gaben mir wieder Hoffnung, und diese Hoffnung öffnete die Tür, die die Verzweiflung zugeschlagen hatte. Die Bücher sagten, dass autistische Kinder unabhängig, klug und begabt sein könnten. Wenn es stimmt, dass Mozart, Tesla und Einstein Autismus hatten, warum sollte mein Sohn nicht so sein wie sie? In einem anderen Moment erschien mir der bloße Gedanke lächerlich, und dann redete ich mir wieder ein, dass das Leben unberechenbar ist und man nie weiß, wie weit man gehen kann.

Ich kannte auch viele Kinder aus meiner Kindheit, die wir alle für hoffnungslose Fälle hielten, und dann wuchsen sie über viele von uns hinaus, die sich über sie lustig machten. Ich kannte nur eine Regel im Leben: dass das Leben keinen Regeln folgte. Wahrscheinlich waren ihre Mütter so besorgt, verängstigt und traurig wie ich, aber sie gaben ihre Kinder nicht auf, und das vielleicht sogar, ohne zu ahnen, dass eines Tages die ganze Welt über ihre Kinder sprechen würde. Niemand weiß, was uns am Ende des Weges erwartet, denn wir stehen noch am Anfang.

Ich habe Tag und Nacht im Internet gesucht: Ich suchte nach Hoffnung für das beste Ergebnis der Diagnose. Wo Autismus erwähnt wurde, wurde auch Frühförderung erwähnt, also die Notwendigkeit, so schnell wie möglich mit autistischen Kindern zu arbeiten, solange sie noch kleiner sind, und ich fragte mich, ob ich dafür zu spät dran sei. Ich fand bald heraus, dass es in unserem Land keine Frühförderung gibt, auch nicht in allen umliegenden Ländern. Frühe Intervention war ein Konzept, von dem nur wenige gehört hatten. In der staatlichen Institution wusste niemand davon. In der Sonderschule durfte er zweimal die Woche zwei Stunden in einem Klassenzimmer mit fünf anderen Kindern arbeiten. Mir war klar, dass wir dort keine besseren Ergebnisse erzielen würden, aber wir konnten nirgendwo anders hin. Die meisten Eltern solcher Kinder haben Probleme wie ich. Die meisten von ihnen waren Autodidakten und verbrachten die meiste Zeit damit, alleine mit Kindern zu arbeiten.

Mein Arbeitstag stand ganz im Zeichen der Forschung. Die Arbeit häufte sich jeden Tag mehr an. Meine Kollegin hat mir geholfen, alles fertigzustellen, weil sie mich und meine Wünsche verstanden hat. Ich habe mich mit verschiedenen Eltern in Verbindung gesetzt und nach „Frühförderung" gefragt, aber auch für sie war die Situation nicht besser – Frühförderung existierte als Konzept, nicht als Therapie. Niemand hat es in der Arbeit mit Kindern umgesetzt – nirgendwo. Aber ich habe nicht aufgegeben:

Ich werde die beste Therapie für meinen Sohn finden, ich werde mich verschulden, aber er wird die besten Therapeuten bekommen, die ihn aus der Dunkelheit holen werden. Es gibt noch Hoffnung!

Ich fand im Internet einen Artikel, in dem ein bekannter Autismus-Arzt behauptet, dass ein Kind mit richtiger Arbeit die Elemente des Autismus vollständig beseitigen kann. Wenn er behauptet, dass es das wirklich kann, sagte ich mir, dann behaupte ich, dass mein Sohn eines dieser Kinder sein wird! Ich habe gehört, dass er gelegentlich aus Amerika nach Bosnien und Herzegowina kommt und mit solchen Kindern arbeitet, aber ich konnte nirgendwo seinen Ansprechpartner finden, also habe ich mich in eine andere Richtung gewandt.

Alma bekam die Nummer einer Mutter, deren Sohn Autismus hatte, und sie verwies uns auf Vereine, die mit ihrem Sohn in unserer Stadt arbeiteten, aber während des Gesprächs erwähnte sie, dass sie nicht mehr dazugehörte, weil ihr Sohn nun eine reguläre Schule besuchte.

- Er geht zur regulären Schule! – Alma wiederholte es, weil unsere dunklen Vorahnungen die schlimmsten waren und dies enorme Hoffnung gab.

- Ich sage dir, alles wird gut! Sie brauchen nur ein wenig Arbeit und sie kommen zum , Sprechen, erreichen ihre Kollegen und sind ihnen ebenbürtig! – Alma sagte es strahlend.

- Gut, aber hast du nicht gehört, dass sie sagte, dass er kürzer zur Schule geht und einen Assistenten hat? Was macht der Assistent mit ihm, wenn schon alles in Ordnung ist, wenn er weitergekommen ist? – Etwas war unklar und verdächtig daran.

- Vielleicht möchte sie jemanden, der ihn zur und von der Schule heim begleitet? Vielleicht möchte sie, dass das Kind jemanden sicher an seiner Seite hat, damit andere Kinder es nicht ärgern?
- Ich dachte, das war es. Das Kind geht auf eine Regelschule, und das ist sicher ein Riesenerfolg.
- Und Adan wird dasselbe tun. Er wird sprechen. Er wird seine Altersgenossen einholen.

Ich rief bei einem der Verbände an. Sie sagten mir, ich solle am Nachmittag kommen. Ich traf auf ein junges, freches Mädchen, das sich mir als Direktorin vorstellte. Im Verein gab es keine Therapieräume, keine Praxen, nichts, was mit ernsthafter Arbeit verbunden war. Alles war anders, als ich es erwartet oder mir vorgestellt hatte.

- Das Einzige, was wir Ihnen anbieten können, ist die Arbeit eines Logopäden zweimal pro Woche für eine Stunde.
- Aber wir haben bereits einen solchen Zeitplan. Er geht in den Kindergarten, aber ich dachte, wir könnten alles mitnehmen – mit dem Kind arbeiten und Babysitten.
- Ich kann Sie verstehen, aber wir sind überfüllt mit einer Liste von Kindern, die bereits warten. Ihr Sohn müsste sich einer Beobachtung unterziehen und könnte wahrscheinlich nicht ohne eine Begleitperson in der Kita bleiben, sodass Sie warten müssen, bis ein Platz frei wird. Sie können die Arbeit eines Logopäden bekommen und auf die Liste sein.
- Wie viel würde das alles kosten?

Ich sah sie ungläubig an. Ich dachte, ich hätte nicht genau gehört, was sie gesagt hat, weil der Betrag fast so hoch war wie mein Monatsgehalt. Ich hatte damit gerechnet, dass es etwas kostete, aber nicht so viel.

- Wir müssen eine Person bezahlen, die mit Ihrem Kind arbeitet und sich den ganzen Tag um es kümmert. Solche Kinder sind sehr anspruchsvoll und es ist schwierig, mit ihnen zu arbeiten. Deshalb ist der Preis so hoch.

- Ich bin sprachlos. Mein Gehalt entspricht fast dem Betrag, den Sie verlangen. Sie sind kein Verein?

- Doch, aber wir finanzieren uns über Projekte, und das reicht nicht.

Mir war bewusst, dass dies der einzige Ort außerhalb einer Sonderschule war, wo ich Betreuung und Arbeit mit einem Kind bekommen konnte. Ich entschied mich, das Angebot anzunehmen, weil meine Mutter sie so sehr lobte und das schlechte Gefühl auf übertriebene Erwartungen zurückführte.

- Okay, einverstanden. Was kostet der Logopäde?

Sie erwähnte einen Betrag, der dem des Kindergartens glich. Ich stimmte zu, obwohl ich mir das nicht leisten konnte, aber zumindest musste ich nicht mehr die Kinder und Eltern in einer Sonderschule sehen. Es wäre schwierig für mich gewesen, wenn Adan unter ihnen geblieben wäre. Ich kam sehr traurig heraus. Ich wusste nicht, was mich mehr verletzte: die Oberflächlichkeit oder der Geldbetrag, den ich nicht bezahlen konnte, oder die Tatsache, dass ich erwartet hatte, dass alles anders aussehen würde. Ich erwartete, dass mir alle Fachleute zur Hilfe kommen würden, aber tatsächlich kümmerte sich niemand darum. Für sie war Adan nur ein weiteres Kind mit einem Problem.

Ich habe Adan aus der Sonderschule herausgenommen mit einer Erklärung und Entschuldigung, dass sie zu weit entfernt für mich seien und dass ich einen Logopäden gefunden hätte, der in der Nähe unserer Wohnung arbeite. Das stimmte, aber ich hatte tatsächlich Angst vor dem Ende dieser Beobachtung und der Meinung, die sie vermitteln würden. Ich wollte nicht, dass jemand meine Hoffnung tötete. Ich ließ die Tanten im Kindergarten wissen, dass ich nach einer anderen Lösung suchte und sie bald aus der Klemme befreien würde. Ana verstand meine Entscheidung, obwohl Adan im Kindergarten von der Gruppe getrennt wurde. Er verbrachte die meiste Zeit mit ihr – sie würfelten und spielten Synthesizer.

- Er ist sehr intelligent. Es reicht, dass ich ihm einmal zeige, wie man etwas macht, und das nächste Mal weiß er es selbst. – Von Tag zu Tag war sie mehr und mehr verzaubert von ihm.

- Arbeite einfach weiter mit ihm. Ich weiß, es ist anstrengend, aber er verbringt trotzdem Zeit mit dir. Wichtig ist nur, dass er an etwas beteiligt ist.

- Ich weiß, wir arbeiten zusammen. Er tanzt mit den Kindern, macht Übungen ... Wir haben schon viel gelernt.

- Noch besser wird es, wenn er intensiver mit der Logopädin anfängt!

- Na sicher. Experten wissen, wie man damit umgeht. Ich habe nur Pädagogik abgeschlossen, aber sie wissen, wie es geht.

- Ich hoffe es. – Ich lächelte die beiden an.

Eine weitere neue Beobachtung und Änderung seiner Routine verursachte so viel Stress bei ihm, dass selbst ich es nicht ertragen konnte. Ich traute jungen Leuten nicht, und Adan geriet wieder in die Hände einer jungen Logopädin. Ich war der Meinung, dass Experten, die mit Kindern arbeiten, langjährige Erfahrung haben müssen. Adan warf sich weinend auf den Boden und schlug mit dem Kopf auf. Die Logopädin sagte mir, ich solle rausgehen und dass alles gut werden würde. Er weinte innerhalb der Vereinsmauern und ich weinte draußen.

Jeder von Adans nächsten Besuchen bei einem neuen Logopäden war von zunehmendem Widerstand begleitet, als wir an der Tür ankamen. Ich schlug vor, dass ich wegen seiner Aggressivität mit ihnen im Raum sein sollte, aber eigentlich wollte ich sehen, wie sie mit ihm arbeiteten.

- Kann ich dieses Mal am Unterricht teilnehmen? Lassen Sie mich sehen, wie Sie mit ihm arbeiten?

- Tut mir leid, aber das praktizieren wir nicht. Ich habe sechs Kinder und arbeite mit allen gleichzeitig. Ich arbeite noch nicht einmal mit Ihrem Sohn, weil er nicht weiß, wie man auf einem Stuhl sitzt ... Das müssen wir ihm erst beibringen.

- Ich dachte, Sie arbeiten alleine mit ihm... Kann ein Logopäde mit mehreren Kindern gleichzeitig arbeiten?

- Ja, aber ich habe Kollegen, die mir helfen. Es tut mir leid, aber wir üben diese Art von Arbeit nicht aus. Bei uns können die Eltern nicht am Unterricht teilnehmen.

- Nur dass mein Junge Fortschritte macht ... Ich mache mir Sorgen ...

- Keine Sorge, es wird besser ... Ich werde Ihnen schreiben, was Sie zum Üben brauchen. – sie lächelte mit einem gelehrten Lächeln, als sie die Tür für mich schloss.

Mir blieb nichts anderes übrig, als im Internet zu recherchieren. Ich habe alles über Logopäden und Logopädie-Übungen gegoogelt. Ich wollte mehr wissen, und das Internet lieferte genug Informationen, sie mussten nur richtig interpretiert werden. Ich habe gelesen, dass fast alle Sprachstörungen die Arbeit eines Logopäden erfordern. Ich habe auch gelesen, dass es viele Formen von Sprachstörungen gibt, und fühlte mich erleichtert. Ich glaubte plötzlich, dass mein Sohn Dysphasie hatte. Er sprach nicht und verstand keine Sprache, aber das bedeutete nicht unbedingt, dass er geistige Schwierigkeiten hatte.

Ich hatte viele Fragen, aber ich hatte auch eine Person, die die Antworten darauf kannte. Es war die Mutter eines großen Jungen mit einer Sprachbehinderung. Durch ihre eigene Erfahrung und die Erfahrung Tausender anderer Eltern. Bearbeitete sie eine Seite über Sprachprobleme von Kindern und wusste, so schien es mir, mehr als jeder Experte. Ihr Name war Maria und der Name passte zu ihr.

- Ich mag keine Logopäden, die Eltern nicht erlauben, am Unterricht teilzunehmen. Sie haben so ein Verfahren, aber ich würde wirklich gerne sehen, was sie tun - habe ich mich bei ihr beschwert.

- Es ist nicht notwendig, dass jeder Therapeut auch ein guter Therapeut ist. Nur ein Therapeut, bei dem sich das Kind wohlfühlt und mit dem Sie gut zusammenarbeiten, ist gut. Für manche steht nur Geld im Vordergrund, für manche ist es wirklich der Fortschritt des Kindes.

- Ich dachte, dass jeder ein Experte ist, dass jeder die gleiche Herangehensweise an die Arbeit hat.

- Natürlich nicht. Und Logopäden sind wie alle Experten – es gibt gute und es gibt schlechte. Sie müssen einen guten Therapeuten finden, einen, den das Kind akzeptiert und der anfängt, mit ihm zusammenzuarbeiten. Können Sie mir das Verhalten Ihres Sohnes beschreiben?

Ich war teilweise ehrlich, aber die wenigen Details, die ich schrieb, waren ihr wahrscheinlich nicht genug. Sie stellte mir fast dieselben Fragen wie die Frau in der Sonderschule. Ich habe versucht, alles besser zu machen, und ich habe insgeheim gehofft, dass sie am Ende sagen würde, dass Adan Legasthenie habe. Ich hatte Angst vor ihrer Diagnose, weil ich wusste, dass sie mit ihrer Einschätzung nicht falsch lag.

- Ist es Legasthenie? – Ich kam ihrer Antwort zuvor.

- Es ist möglich, aber es spielt keine Rolle, was ich oder andere denken! Wichtig ist, dass Sie die richtige Therapie finden und aufbauen, viel lernen und so viel wie möglich mit ihm arbeiten. Der Logopäde allein kann Ihnen nicht helfen. Sie brauchen einen guten Defektologen, Oligophreniker, Physiotherapeuten, Sensoriker und Erzieher. In diesem Moment brauchen Sie sie vielleicht mehr als einen Logopäden.

- Braucht er sie alle? Wer findet so viele Experten?

- Sie sind da, sie werden gebraucht. Für ordentliches Arbeiten und Fortschritt braucht man all diese Experten, aber nicht sofort, denn vieles können Sie selbst machen ...

- Sie denken, unser Problem ist ernster, nicht wahr?

- Ich denke, Sie sollten alles ernsthafter angehen. Mein Sohn hatte alle Symptome Ihres Sohnes, aber heute spricht er mehr als seine Altersgenossen.

- Glauben Sie, mein Sohn kann das auch?

- Na sicher!

Ich habe ihr geglaubt.

Aber ich wusste nicht, wo ich so viele Experten finden und wie ich sie bezahlen sollte.

Wo und wie?

Rumlaufen

Wir besuchten zwei weitere Logopäden und zwei Vereine, die uns den musiktherapeutischen Dienst von Sonderpädagogen zur Verfügung stellten. Alle sagten mir, ich solle Adan mitbringen, wollten ihn sehen und untersuchen, aber niemand bot konkrete Hilfe an. An allen Adressen erwarteten uns komplizierte Erstverfahren.

Zahlreiche unterschiedliche Beobachtungen und Umgebungswechsel, viele neue Menschen und verschiedene Räume und fremde Umgebungen machten meinen Sohn reizbar. Er hörte auf, mit mir zu kommunizieren, auch nur auf eine spärliche Weise, und weinte nur. Er klammerte sich an mich und wollte nicht aus meinen Armen. Er hatte vor allem Angst.

Ich verbrachte den Nachmittag damit, ihn in meinen Armen zu tragen. Er fing an zu schreien, sobald ich ihn auf den Boden legte. Er wollte nicht einmal mehr in den Park gehen. Wenn ich zur Ausgangstür ging, hörte er auf, mit dem Kopf auf den Boden zu schlagen, fing an zu schreien und versteckte sich hinter den Möbeln. Er wollte nirgendwo hingehen, und wir wollten gerade gehen. Ich wusste nicht, wie ich ihm helfen sollte, und ich konnte nicht sehen, wie sehr er sich abmühte.

Ich wohnte auf dem Platz in einem der schönsten Stadtteile. Um uns herum waren Spielplätze und Rutschen, Springbrunnen und Kinder, aber Adan wollte die Wohnung nicht verlassen. Er schrie auch, wenn wir unseren Nachbarn im Fahrstuhl trafen. Er schien Angst vor den Menschen selbst zu haben. Ich war hin und her gerissen zwischen der Hilfe, die er brauchte, und der Verschlechterung, die durch dieselbe Hilfe verursacht wurde.

Schulden häuften sich. Ich habe zwei Kindertagesstätten bezahlt und keine von ihnen hat uns geholfen. Der September rückte näher und meine Tochter kam gerade in die erste Klasse der Grundschule. Im Kindergarten hatte ich versprochen, bis September eine Lösung zu finden.

Jeden Tag bat ich sie um ihre Geduld, die von Tag zu Tag weniger wurde. Sie wollten, dass Adan gehen sollte, und sie haben es überhaupt nicht verheimlicht. Sie sagten, dass sie ihm nicht helfen könnten, dass er eine professionellere Herangehensweise brauche und ich nirgendwo mit ihm hingehen könne. Ich wollte nicht aufgeben. Hilfe kam von keiner Seite.

Ich hasste die ganze Welt.

Der September kam, die Zeit verging und ich fand immer noch keine Lösung.

Später an diesem Tag druckte ich die Unterlagen für die Übungen aus und während ich sie in die Mappe legte, fiel ein Zettel heraus, den der junge Direktor hineingesteckt hatte, auf dem die Nummer eines anderen Vereins stand, der mir mit dem Ziel gegeben wurde, mich loswerden. Ich wusste nicht, was ich von einem weiteren Versuch bekommen würde, aber ich wollte die Möglichkeit nicht aufgeben, dass es noch irgendwo eine Lösung gab. Der November lag weitestgehend hinter uns und ich glaubte, dass sie uns ablehnen würden, weil alle Einschreibefristen längst abgelaufen waren. Ich hatte die verschiedenen Entschuldigungen satt, aber ich musste anrufen.

Ich wurde von einer Frau mittleren Alters kontaktiert, sehr ernst und mit einer angenehmen Stimme. Ich hatte Angst, dass sie mich sofort abweisen würden, wenn ich die Wahrheit sagte, weil ich es schon in anderen Kindergärten in der Umgebung versucht hatte. Und tatsächlich, sie wollten es nicht einmal versuchen, als ich das Problem erklärte. Ich habe ihr gesagt, dass Adan noch keine Diagnose hat und dass der Arzt uns gesagt habe, er brauche nur einen Logopäden, um sprechen zu lernen. Als ich das bemerkte, fragte sie mich, was genau der Kinderarzt gesagt hatte und wohin er mich eigentlich überwiesen hatte.

- Ich brauche Hilfe oder Beratung, wie ich mit meinem Sohn arbeiten soll. Jeden Tag wird es ihm schlechter! Kann ich zu Ihnen kommen?

- Natürlich werden Sie kommen. Wir können Sie am Montag sehen, weil unser Chefarzt da sein wird.

- Ich habe es eilig, ich will keine Zeit mehr verlieren. Ich brauche jemanden, der mir etwas beibringen kann.

- Wir bringen Ihnen bei, wie Sie arbeiten und wie Sie Ihr Kind behandeln. Keine Sorge. Sie werden alles bekommen, was Sie brauchen. Kommen Sie am Montag.

Ich nahm einen Stift und schrieb die Adresse auf, aber die Buchstaben verwandelten sich in einen Straßennamen, der mir sehr vertraut war, weil ich selbst dort wohnte! Und nicht nur das – sondern die Nummer zeigte an, dass sich der Verein im selben Gebäude befand, in dem ich wohnte, im Eingang zu meiner Wohnung! Ich hüpfte vor Freude! Das war die Lösung, nach der ich gesucht hatte und von der ich glaubte, dass sie kommen würde. Wir waren durch die ganze Stadt gefahren und suchten nach der Therapie, die direkt vor unserer Tür war!

Adna ging zur Schule. Obwohl sie auf der anderen Straßenseite war, musste jemand sie führen. Das war so unglaublich, ich dachte, es wäre zu schön, um wahr zu sein.

Bald kam der Tag, an dem wir zum ersten Mal zu „Edus" gingen. Ich wurde von einer ernsten Frau Anfang vierzig begrüßt. Nachdem sie sich als Sabina vorgestellt hatte, setzte sie ihre Arbeit fort und sah mich nicht an und redete auch gar nicht mit mir. Mit dieser Geste kaufte sie mein Vertrauen für immer, weil ich erkannte, dass das Einzige, woran sie interessiert war, das Kind war.

Sofort gab sie Adan die Würfel und einen Ball in die Hand.

- Was ist das? Was machst du mit diesen Sachen?

Sie machte ihm Druck , indem sie Adans Kopf zu sich drehte. Sie wollte, dass Adan sie beobachtete, während sie ihm Befehle erteilte. Dass dies ein wesentlicher Punkt ist, wusste ich auch aus früheren Therapien. Mir hat es gereicht, sie ein paar Minuten zu beobachten und zu verstehen, was ich mit meinem Sohn bis dahin falsch gemacht hatte. Inzwischen ist der Direktor von „Edus", wie ich erst später erfuhr, einer der besten europäischen Experten auf dem Gebiet des Autismus.

Ich hörte ihr zu wie einem Hypnotiseur.

Sie interessierte sich nicht für die Diagnosen und Meinungen anderer Logopäden oder Ärzte. Sie wandte sich dem Kind zu.

Zum ersten Mal konnte ich ehrlich über alles sprechen, was passiert war, weil sie Fragen stellte, um eine Lösung zu finden, kein Problem. Ich erwähnte auch das Zittern, aber sie achtete nicht besonders darauf. Sie wollte wissen, wie ich mit ihm kommunizierte und wie er in bestimmten Situationen reagierte.

- Zeigt Ihr Sohn mit dem Finger auf etwas?

- Ich weiß nicht, wirklich. Er ist in letzter Zeit so hysterisch und gereizt und ich weiß nicht, was er tun oder lassen soll. Meistens beruhige ich ihn.

- Wie kommunizieren Sie dann mit ihm? Wie zeigt er es Ihnen, wenn er etwas will?

- Meistens nahm er mich am Finger oder an der Hand und führte mich zu diesem Ort, aber nicht einmal das haben wir mehr.

- Lesen Sie ihm vor? Erzählen Sie ihm Geschichten?

- Ich habe es von Anfang an getan, aber er reagiert nicht mehr darauf. Von Tag zu Tag verliert alles seine Bedeutung. Ich lese, aber er will sich nicht einmal dem Buch zuwenden. Oder er dreht es um, starrt es an und zerreißt es.

- Seit wann verhält er sich so?

- Vielleicht ein Jahr oder länger.

- Eltern machen in solchen Fällen die meisten Fehler. Sie hören auf, mit ihnen zu reden. Das ist das Mindeste, was sie brauchen. Sie wollen kommunizieren, wissen aber nicht wie. Reden Sie immer mit ihm. Lesen Sie ihm vor oder singen Sie ihm vor, egal wie sinnlos es Ihnen erscheint.

So wie Sie es mit ihm getan haben, als er ein Baby war. Dann hören sie auf die Stimme ihrer Mutter und entwickeln das Bedürfnis nach Kommunikation. Dasselbe gilt für Kinder, die nicht sprechen. Sie sprechen nicht, aber sie hören auf die Stimme.

- Ich will nur meinem Sohn helfen! - war alles, was ich sagte, und dann fing ich an zu weinen. Verzweiflung sprach aus mir, ich konnte die ganzen Schmerzen nicht mehr ertragen, es war mir egal, ob es meine Schuld war oder die eines anderen, ich versuchte zu helfen. Sie erkannte den Schmerz in mir und sagte mir den einen Satz, auf den ich so lange gewartet hatte:

- Keine Sorge, wir helfen Ihrem Sohn.

- Wirklich?! – Ich hob meinen Kopf, der zwischen meinen Handflächen und auf meinen Knien ruhte. – Helfen Sie uns einfach, ich kann seine und meine Hilflosigkeit nicht mehr mit ansehen.

- Na sicher. Sie erhalten einen multidisziplinären Ansatz für das Kind. Wir geben Ihnen auch Anweisungen für die Arbeit zu Hause und arbeiten selbstverständlich täglich drei Stunden mit ihm zusammen. Er wird bald Fortschritte machen.

- Wir wandern seit Monaten umher. Wir haben viel durchgemacht, bis wir zu Ihnen kamen – von verschiedenen Schulen, Logopäden, Sonderpädagogen. Wir haben drei Stunden pro Woche, aber fast keine Fortschritte. Darüber hinaus ist die Situation noch schlimmer. Ich schleppe das Kind von einer Einrichtung zur anderen, ich warte stunden- und tagelang auf verschiedene Termine und verschwende wertvolle Zeit.

- Deshalb arbeiten wir jeden Tag mit Kindern und alle Entwicklungsprogramme sind enthalten – von Motorik, Aufmerksamkeit, Konzentration, Tracking, Stimmkommandos ... Fein- und Grobmotorik sind für die Sprachentwicklung gleichermaßen wichtig. Man muss viel an der Motorik arbeiten, um sprechen zu können.

Sie setzten mich für eine neue Gruppe auf die Liste. Sie gaben mir alles, was ich brauchte, und Adan sollte sich in ein paar Tagen der neu gegründeten Gruppe anschließen. Endlich, nach langer Zeit, war ich wirklich glücklich. Ich wusste, dass ich endlich den richtigen Experten getroffen hatte, die richtige Person, um meinem Sohn zu helfen. Sie war die erste, die keine Angst vor meinem Kind hatte, die mich nicht gefragt hat, ob er aggressiv ist, ob er gebissen und geschlagen hat. Ja, ich hatte den richtigen Platz für Adan gefunden.

Ich habe bald darauf eine Ausbildung durchlaufen, d. h. eine Reihe von Vorträgen und Beratungen in Anspruch genommen. Ich habe gelernt, was am wichtigsten ist – die Reihenfolge des Lernens. So wichtig es ist zu lernen, so wichtig ist es auch, richtig zu lernen. Kein Defektologe oder Logopäde kann einem Kind helfen, wenn Dinge nicht richtig und in der falschen Reihenfolge gemacht werden.

Als ich anfing, mit Adan zu arbeiten, basierend auf den Empfehlungen und Anleitungen, die ich erhielt, wurde mir klar, wie anspruchsvoll die Arbeit ist. Es war überhaupt nicht einfach, mit einem Kind zu arbeiten, dessen Aufmerksamkeitsspanne gerade mal zehn Sekunden dauert. Wir haben bei null angefangen. Seine Aufmerksamkeit war bestenfalls für zehn Sekunden fixierbar. Nichts half –viel Farbe nicht, kein Plastilin, kein Spielzeug. Ich konnte nur das verwenden, was ihn interessierte, weil ich sonst seine Aufmerksamkeit nicht bekommen konnte. Aber zuerst musste ich eine andere Frage beantworten – was interessiert ihn eigentlich?

Er interessierte sich für kleine Tiere, die er ständig in seinen Händen hielt; Fernsehen interessierte ihn auch, aber sonst nichts. Der Fernseher war seit Monaten ausgeschaltet und ich fragte mich, ob ich ihn wieder einschalten sollte. Ich war auf der Suche nach Logopädieübungen am Computer und konnte so ab und zu seine Aufmerksamkeit auf mich ziehen. Wir fingen an, die ersten Silben hinzubekommen.

Meine intensive Arbeit mit ihm stellte den Initialantrieb und die Urkraft dar, die alle Eltern am Anfang haben. Ich war ständig in Kontakt mit seinen Erziehern; ich interessierte mich für das, was sie taten, und dann tat ich dasselbe mit ihm zu Hause. Mein größtes Ziel war es, dass er nur ein Wort sagte, weil mich der Gedanke antrieb, dass er Tausende von Sätzen sagen würde, wenn er einmal das erste Wort gesagt haben würde. Ein einziges bedeutungsvolles Wort würde für mich den Sieg bedeuten. Ich hatte Angst, dass ich es vielleicht nie hören würde, wenn ich es jetzt nicht hörte, aber sein Lehrer sagte mir immer wieder, dass die Silben, die er sagte, eigentlich Wörter waren, dass jeder die erste oder letzte Silbe sagte, bis sie es in ein Wort brachten. Aber es gab noch keine Worte, und die Stille machte mir Angst. Trotzdem besserte sich sein Zustand von Tag zu Tag: Er ging schließlich glücklich in den Kindergarten, er wurde angenommen, er kooperierte mit allen und machte Fortschritte in allen Programmen. Jeder Tag besserte sich ,wir sind alle zusammen vorangekommen.

Ich habe das ganze Haus in eine große Werkstatt verwandelt. An allen Wänden hingen Bilder von Gegenständen, und ein großes Bild des Meeres dominierte, weil es meine große Inspiration war, die ich versuchte, auf Adan zu übertragen. Ich habe alles um uns herum in eine Gelegenheit zum Lernen verwandelt ...

(...)

Wir saßen an diesem Nachmittag im Park. Ich erklärte mir eine Million Verpflichtungen. Adan spielte, und dann kam ein Junge auf ihn zu. Als der Junge ihm nahe genug kam, verschränkte Adan seine Arme ihm gegenüber, versteckte das Spielzeugauto und sagte:

- Nein, meins!

Ich dachte, ich halluziniere. Ich näherte mich Adan und wiederholte, was er gesagt hatte, und er sprach erneut:

- Nein, meins!

Ich drehte mich um; es schien, als hätte es niemand außer mir gehört, und ich war die Einzige, die es hören musste. Ich schrie innerlich aus Leibeskräften! Ich hörte meinen Sohn sprechen, ich hörte die Worte, auf die ich wie eine Ewigkeit gewartet hatte! Es war der größte Sieg meines Lebens!

Ich schnappte das Auto und übergab es wieder und wiederholte seine Worte in der Hoffnung, dass er noch einmal sprechen würde. Ich wollte die großartigen und freudigen Neuigkeiten mit allen teilen, aber als ich an diesem Tag nach Hause kam, stellte ich fest, dass niemand da war. Mir war's egal – wir feierten uns beide!

Mein Sohn hat gesprochen!

Er wird sprechen!!!

Wutanfälle und Echolalie

Das seltsame Flattern der Arme wurde zu „Stereotypen", Wutanfälle waren „Wutanfälle"; die Wiederholung von Wörtern wurde zu „Echolalie". Jedes Verhalten hatte einen professionellen Namen, den ich im Laufe der Zeit gelernt habe. Dieses seltsame Flattern der Arme war eigentlich die Sprache meines Sohnes und ich versuchte es in Sprache zu übersetzen. Ich beobachtete ihn ständig und sagte mir, dass ich das nicht tun sollte. Sehe ich ihn überhaupt als meinen eigenen Sohn? Sehe ich ihn wie eine Mutter eines Kindes mit viel Wärme an? Früher habe ich Adan als ein fremdes Buch gesehen, das eigentlich in unsere Sprache hätte übersetzt werden müssen. Ich konnte mir nicht helfen. Ich versuchte, jede seiner Verhaltensweisen zu verstehen.

Ich fing an ihm zu folgen, und er wusste immer, wo das batteriebetriebene Auto war, wo das Pferd war und wo der Zug war. (Er ging gern ins Kino.) Er arrangierte Gegenstände nie in perfekter Ordnung, noch benutzte er sie auf die übliche Weise. Das Internet hat mir geholfen, hat mich aber verwirrt. Ich konnte nicht „filtern" und das Wesentliche vom Unwichtigen trennen, aber ich wusste, dass es noch nicht vorbei war und dass es noch Hoffnung gab.

Ich habe darauf gewartet, dass Adan sich ausreichend anpasst und alles lernt und ausdrückt, was er weiß. Ich dachte, dass ich nur dann Antworten von seinen Lehrern und Ärzten bekommen würde. Adan begann kleine, leise Worte zu sprechen. Bald wurde der Satz „nein, meins" um die Wörter „Zug", „Pferd", „Hund" ergänzt. Ich wollte, dass er alles bekommt, von dem andere sagten, dass er es brauchte. Wir haben viel gelernt und Fortschritte gemacht. Ich wusste und glaubte, dass der Kindergarten mir die Antworten geben würde, die ich brauchte, und dass ich herausfinden würde, ob Adan zu sehr hinter seinen Altersgenossen zurückblieb.

Vor langer Zeit habe ich die Unterlagen für den staatlichen Kindergarten eingereicht und wusste, dass Kinder mit Schwierigkeiten Vorrang haben. Ich rief an und erinnerte daran, dass ich die Unterlagen schon lange eingereicht hatte und auf eine Antwort wartete. Natürlich gingen meine Papiere verloren, aber ich gab nicht auf: Ich erinnerte an die Rechte des Kindes und fügte hinzu, dass ich Anwalt sei (obwohl ich mein Studium nie abgeschlossen habe), dass ich alle ihre Probleme verstünde und so erwartete, dass sie meine auch verstanden.

Ich bekam einen Termin für ein Treffen mit der Pädagogin und der Kindergartenleiterin und schon bald saß ich ihnen gegenüber.

- Sie haben im Antrag angegeben, dass Ihr Kind nicht spricht. Irgendwelche anderen Schwierigkeiten?

- Im Moment gibt es keine.

- Zweifeln die Ärzte eine Diagnose an? Was haben Ihnen die Spezialisten gesagt?

- Nichts. Sie sagten mir, ich solle mit meinem Kind arbeiten, und das ist alles.

- Geht Ihr Sohn in den Verein „Edus"? Sie arbeiten mit autistischen Kindern.

- Sie arbeiten mit Kindern, die Sprachschwierigkeiten haben. Autismus ist nur eine davon.

- Wir können Ihren Sohn nicht in den Kindergarten aufnehmen, weil wir ein Kind mit Sprachschwierigkeiten einer Entwicklungsgruppe zugeteilt haben, und alle Kindergärten voll sind, wir bereits Kinder mit Schwierigkeiten haben und auch keine zusätzliche Förderung für sie haben.

Ich war lange überfordert, aber an diesem Tag floss der Kelch über.

- Was meinen Sie?

- Die Situation ist so. Es tut uns wirklich leid, aber das sind die Regeln unseres Kindergartens.

- Was ist das für ein Kindergarten? Ist das nicht eine öffentliche Einrichtung? Ist das nicht ein staatlicher Kindergarten? Hat mein Kind von

Gesetzes wegen keinen Vorrang bei der Einschreibung in den Kindergarten? Wer kann ein solches Recht bestreiten? Und was macht der Staat mit dem Überschuss an Kindern mit Behinderungen, die den Plan füllen? – Ich war wütend, meine Sicht verschwamm.

- Ja, das ist richtig, solche Kinder haben bei der Anmeldung Vorrang, aber wir können nur ein Kind pro Fördergruppe aufnehmen.

- Was ist mit den anderen Kindern, die diesen Platz nicht bekommen? Lassen Sie sie nach Hause gehen?

- Es liegt nicht an uns! Das sind der Staat und das System. Das haben wir nicht entschieden.

Ich brauchte ein paar Minuten, um mich zusammenzureißen. Es schien, als wäre unser Gespräch beendet. Der Direktor nahm langsam die Papiere und ließ mich wissen, dass wir fertig waren, aber ich ließ es nicht zu.

- Mein Sohn wird in diesen Kindergarten gehen und Sie werden sofort einen Platz für ihn finden! Oder ich schreibe morgen eine Beschwerde gegen Sie und den Kindergarten und die Verwaltung, und danach beschwere ich mich beim Ombudsmann für Menschenrechte und bei allen, die sich mit dem Schutz der Menschenrechte in diesem Land befassen! Wenn es bis jetzt so war, schwöre ich, dass es meinem Sohn nicht wieder passieren wird! Niemand wird ihm dabei widersprechen, dass er den staatlichen Kindergarten besucht!

- Ich weiß nicht, warum Sie so reagieren. Es liegt nicht an mir oder den Leuten, die hier arbeiten, das ist das System!

- Es hat nichts mit Ihnen oder den Leuten zu tun, die hier arbeiten! Ich muss irgendwo anfangen, und ich habe gerade nichts. Es gibt keine Logopädin, keine Defektologen, keinen Kindergarten für mein Kind! Was würden sie an meiner Stelle tun? Was würden Sie tun, wenn es Ihr Kind wäre?

Würden Sie ihn in den vier Wänden behalten und akzeptieren, dass er ein Problem für dieses Land ist? Würden Sie ihn in einen Käfig stecken, um auf ein besseres System zu warten? Jemand muss das System ändern, und ich werde der erste Elternteil sein, der das System verklagt. Warum nicht?

- Aber ich kann Ihnen nicht helfen. Ich kann Ihren Sohn wirklich nirgendwo hinbringen.

- Ein Kind?

- Ja, aber das ist ein Kind mit Schwierigkeiten. Wir haben einen Lehrer für zwanzig Kinder und eines mit Schwierigkeiten.

- Warum sollte mein Kind darunter leiden? Es braucht diesen Kindergarten!

- Tut mir leid, aber bei uns ist das so.

- Sie werden einen anderen Platz für ihn finden. Mein Kind wird nicht zu Hause sitzen, weil in keinem der fünfzig Kindergärten Platz für ihn ist.

- Fällt bald ein Kind aus, melden wir Ihren Sohn an.

- Halbtägiger Aufenthalt für uns und einen „zufälligen" Lehrer, der ein solches Kind aufnehmen kann.

- Ich werde sehen, was ich tun kann, aber ich verspreche nichts.

- Kein Problem, geben Sie mir einfach rechtzeitig Bescheid.

Wir verabschiedeten uns, ich holte Adna ab und wir gingen zur Ausgangstür. Gleich am Ausgang hörte ich jemanden nach mir rufen. Ich drehte mich um. Es war eine junge Praktikantin, die dem Gespräch zwischen dem Direktor und mir beigewohnt hatte.

- Kompliment an Sie, Sie haben absolut recht! Es gibt keinen Grund, warum ein Kind mit Schwierigkeiten nicht in den Kindergarten gehen sollte. Ich bin froh, dass Sie nicht vorhaben aufzugeben.

Ich lächelte, aber ich war immer noch wütend:

- Du weißt nicht, wie schwer es ist ... Wohin wir auch gehen und uns klarheit verschaffen wollen, klappt es nicht ... Hunderte von Ausreden, aber kein Verständnis ...

- Ich schaue mir so was jeden Tag an, aber nicht eine Mutter ist wie Sie. Ich mache mir keine Sorgen um Ihren Sohn, solange er so eine Mutter hat. Wenn Sie etwas brauchen, kontaktieren Sie mich. Mein Name ist Majda.

- Vielen Dank, Majda.

Gleich am nächsten Tag rief sie mich an und teilte mir freudig mit, dass Adan in dem von uns gesuchten Kindergarten zur Halbtagsbetreuung aufgenommen wurde und ab Montag in die gemischte Gruppe kommen konnte, in der bereits ein Junge mit Schwierigkeiten war. Er sollte morgens im Kindergarten sein und ab mittag in Therapie. Ich war besorgt, dass es zu viel für ihn sein würde, aber er brauchte die Stimulation. Sein ganzer Tag würde von der Arbeit und dem Arbeitsumfeld abgedeckt sein, und das größte Problem bei allem war seine Ernährung, die auf fünf Trockennahrungsmitteln basierte, aber ich hatte verschiedene Möglichkeiten gefunden, sie zu verbessern. Ich musste immer und überall das Essen schicken, das er mochte, und ich glaube, er hat im Kindergarten nie etwas von dem Essen probiert, nicht einmal das Essen, das ihm schmeckte.

Ich ging unangemeldet in den Kindergarten, fest entschlossen, die Erzieherinnen zu treffen und ihnen alles zu erklären sowie Materialien und Hilfe anzubieten. Im Kindergarten gab es eine Erzieherin mit kurzen blonden Haaren. Sie ließ das Kind, das sie auf ihrem Schoß hielt, zurück auf den Boden und ging auf mich zu. Ich stand im Flur des Kindergartens.

- Kann ich helfen, brauchen Sie etwas? Nach wem suchen Sie?

- Ich bin Mutter eines Jungen, der mitkommen sollte, also wollte ich den Kindergarten sehen, die Erzieherinnen und die Gruppe kennenlernen.

- Der Manager rief mich an und sagte, dass ein weiteres Kind zu uns kommen wird, aber wir praktizieren es nicht, dass Eltern früher und ohne Kinder zu uns kommen.

- Ich entschuldige mich. Ich wollte nur reden und Ihnen einige Materialien zum Lesen hinterlassen, bevor Sie anfangen, mit ihm zu arbeiten und ihn der Gruppe hinzuzufügen, weil er nicht wirklich spricht.

- Ich weiß, das haben Sie uns auch gesagt. Hat er eine Diagnose?

- Nein, zumindest noch nicht.

- Wir haben einen Jungen mit Schwierigkeiten, der sehr wenig spricht. Wann bringen Sie Ihren Sohn mit?

- Vielleicht gleich am ersten Tag, wie geplant.

- Lassen sie das Material da, das sie mitgebracht haben, und wir sehen uns alles an, wenn der Junge kommt ...

Die Gruppe war gemischt, aber die Kinder waren in seinem Alter. Er würde sicherlich mindestens einen Freund in dieser Gruppe finden. Wenn er sich mit mindestens einem Jungen anfreundet, wird alles andere einfach sein. Wie auch immer, ich wollte, dass Adan in den Kindergarten ging, weil er mit seinen Altersgenossen spielen und Kontakte knüpfen konnte. Er hatte genug therapeutische Arbeit, ich habe selbst genug mit ihm gemacht, aber er brauchte Kinder und Freunde. Seine Altersgenossen spielten schon lange miteinander, aber das wollte er nicht. Im Park und auf der Straße war es möglich, sie zu umgehen, aber im Kindergarten würde es nicht möglich sein.

Bald kam der Montag, der Tag, an dem er in den Kindergarten kommen sollte, aber die alte Geschichte wiederholte sich – er warf sich hin, schrie, wollte nicht früh aufstehen und wer weiß wohin gehen. Ich biss die Zähne zusammen, weil ich wusste, dass es zu seinem Besten war.

Die ersten Tage waren schwierig.

Die zweite Kindergärtnerin war eine ältere Frau, freundlich und nett, still und ruhig, einfühlsam und warmherzig. Ich hatte das Gefühl, dass sie den Kindern alles in ihrer Macht Stehende gab. Sie hatte viel Verständnis für Adan, aber nicht viel Wissen, also wies ich sie jeden Tag an, wie sie mit ihm umgehen sollte.

- Adan hat eine klare Sicht. Immer wenn ich ihn anrufe, dreht er sich um und sieht mich deutlich an.

- Er hatte immer diesen Blick ...

- Ich habe gelesen, dass autistische Kinder keinen Augenkontakt herstellen.

- Hatten Sie jemals ein Kind mit Autismus in einer Gruppe?

- Nein, hatte ich nicht, aber ich habe darüber gelesen.

Sie erklärte mir, dass sie Kinder mit Downsyndrom, Kinder mit motorischen Behinderungen und verschiedenen anderen Störungen hatten, aber sie hatte noch nie die Gelegenheit gehabt, ein Kind mit Autismus zu treffen. Sie versuchte, ihn in die Gruppe einzubeziehen, in all die täglichen Aktivitäten, in die Morgengymnastik aber all das hielt bei ihm nicht lange an und er fand immer einen Weg, sich abzusetzen. Der Lehrer und seine Freunde gaben ihr Bestes. Und gerade als wir dachten, wir hätten Erfolg und mein Sohn hätte endlich begonnen, sich anzupassen, begannen die wirklichen Probleme.

Ich dachte, ich wäre bereit und kannte die meisten von ihnen.

Aber das war falsch gedacht.

Fragen

Wir sind ein richtiges Team geworden.

Er würde meine Hand halten und wir würden die Schritte zum Kindergarten zählen.

Er würde mich auf dem Weg nach draußen küssen.

Alles sah aus wie eine gewöhnliche Geschichte, aber unsere war anders.

Wir hielten jeden Morgen vor dem Kindergarten an, neben einem Baum, der direkt am Eingang stand. Ich würde ihn mir zuwenden und ihn wie einen kleinen Soldaten auf den Kampf vorbereiten ... Ich sprach zu ihm, als ob er mich hören würde, als ob mein Junge in sich wäre und mich tatsächlich hören würde, ich sagte ihm, dass der Tag kommen würde, an dem er alles beantworten würde. Er reagierte nicht auf meine Geschichte, er eilte zum Kindergarten und zur Haustür, und mein Herz hüpfte vor Freude, weil er sich auf den Kindergarten freute ...

Von Anfang an haben die Lehrer meine Entschlossenheit und Ausdauer bewundert, sie sagten, dass er sogar einen Freund gefunden habe, der ihn beschützt habe und mit ihm zusammen gewesen sei. Sie freuten sich auf jedes neue Wort, das sie von ihm hörten, und hielten mich über alles auf dem Laufenden, was er an diesem Tag getan oder gesagt hatte. Und dennoch: Die Fragen, die sie mir Tag für Tag stellten, verlangten nach Antworten, und ich selbst kannte die Antworten auf diese Fragen nicht einmal.

- Warum lässt er nicht zu, dass der Fernseher ausgeschaltet wird, und warum schreit er, bis er wieder eingeschaltet wird?

- Warum reagiert er so heftig, wenn er wütend wird, warum wirft er sich auf den Boden und schreit?

- Warum interessiert es ihn überhaupt nicht, was andere Kinder machen?

- Warum hasst er Essen und isst nur Brot?
- Warum rennt er in die Ecke und dreht allen den Rücken zu?
- Warum läuft er vor Kindern weg, selbst wenn sie ihn zum Spielen einladen?
- Warum hält er sich die Ohren zu, wenn eine Menschenmenge um ihn herum ist?

Das waren Fragen, die uns verfolgten, die im vorherigen Kindergarten aufkamen, aber dieses Mal wurde deutlicher, dass es nicht an der Umgebung lag, in der sich mein Sohn befand. Ich hätte bei meinem Sohn nach Antworten suchen sollen. Er sah aus wie ein „böses Kind" – verwöhnt, hemmungslos und egoistisch, ein Kind, das nur seinen Instinkten folgte und Vergnügen nicht aufschieben konnte und keine Autorität duldete. Alles deutete auf ernsthafte Schwierigkeiten hin, nicht auf Verwöhnung. Ich habe mich gefragt, ob andere Kinder ihn störten. War er ihnen gegenüber also deswegen aggressiv oder konnte er sie einfach nicht ausstehen? Ich ging zu einem Kinderpsychologen ...

- Kein Kind ist unartig. Es gibt keine gemeinen Kinder. Es gibt Kinder, die ihre Interessen auf ihre Art verteidigen. „Unartig" wird manchmal als Abwehrmechanismus für ein Kind definiert, das anders funktioniert.

- Aber er tut es mit großer Aggression!

- Auch bei gewöhnlichen, „normalen" Kindern, die noch nicht sprechen und sich nicht ausdrücken können, ist es nicht anders. Sie müssen irgendwie zeigen, dass sie unzufrieden sind.

- Aber, Doktor, das ist ein großes Problem im Kindergarten. Er reagiert so auf fremdes Spielzeug und auf das Abschalten des Fernsehers ... Das duldet er da nicht ...

- Ich weiß, aber er kennt keine andere Möglichkeit, seinen Unmut auszudrücken.

- Am Anfang war er nicht so aggressiv, aber jeden Tag wird es schlimmer.

- Als er sich im Kindergarten entspannte und all die Spielsachen und den Platz kennenlernte, fing er tatsächlich an, sein Revier zu verteidigen. Er merkt nicht, dass das Spielzeug nicht ihm gehört. Er betrachtet es als sein Eigentum. Sie müssen verstehen, wie das Kind funktioniert, um die Ursache für ein solches Verhalten zu verstehen. Wenn er nicht bekommt, was er will, müssen wir ihn seinen Unmut darüber äußern lassen.

- Andere werden es nicht tolerieren und ich habe Angst, dass sie ihn aus dem Kindergarten werfen. Wie werden sie dann sozialisiert?

- Sie müssen sich nicht damit auseinandersetzen, wie andere auf die Reaktionen Ihres Kindes reagieren. Sie müssen sich immer fragen, warum Ihr Kind so reagiert, wie es reagiert. Es gibt einen Grund für ein solches Verhalten, und Ihr Sohn sagt Ihnen das durch sein Verhalten. Sozialisation ist ein langer und komplexer Prozess und Kinder müssen viele andere Fähigkeiten entwickeln, um sich irgendwie in die Umgebung einzufügen. An der Kommunikation muss man arbeiten. Arbeiten Sie hart, um die notwendigen Fähigkeiten zu entwickeln, und machen Sie sich keine Sorgen um die Umwelt.

Das Gespräch mit dem Psychologen beruhigte mich.

Mir wurde klar, dass ich kein „böses" Kind hatte, sondern ein Kind, das „anders funktioniert", aber das half im wirklichen Leben nicht viel. Von Tag zu Tag wurde mir klarer, dass es im Kindergarten nicht so lief, wie ich es erwartet hatte. Trotz meines großen Willens und der Bemühungen des Lehrers – die Sozialisierung funktionierte nicht. Bald verwandelten sich ihre Fragen in Bemerkungen: Er kratzte ein Kind, biss ein anderes, zog an den Haaren des kleinen Mädchens ... Ich erklärte erfolglos, dass dies eine normale Reaktion eines Kindes ist, das nicht spricht. Ihre Geduld ging langsam zu Ende. Von Anfang an akzeptierten sie meine Erklärung und taten ihr Bestes, um sein Verhalten zu korrigieren, aber seine Intoleranz gegenüber Gleichaltrigen wuchs. Er schlug sogar seine Altersgenossen im Park ... Wo immer er sie traf – auf der Straße oder in einem Geschäft –, stürmte er hinein und schlug das Kind eines anderen im Flur. Aber mir war nicht klar, warum er jeden Morgen so eilig in den Kindergarten ging, wenn er keine Kinder mochte.

An diesem Morgen eilte er wie immer zum Kindergarten. Er raste zum dortigen Wohnzimmer. Ich wusste, ich würde zu spät zur Arbeit kommen, aber ich zog meine Stiefel aus und folgte ihm, um zu sehen, warum er es so eilig hatte. Ich sah Kinder nebeneinander auf Stühlen sitzen und Zeichentrickfilme anschauen. Er drehte sich nicht um, um sie anzusehen; er rannte los und setzte sich vor den Fernseher, auf dem ein Zeichentrickfilm lief, den er liebte – „Fifi und Pflanzen".

Karikatur?

War die Karikatur die Ursache für ein solch stürmisches Verhalten?

Vor Monaten wurde der Fernseher im Haus ausgeschaltet. Ich habe nur den Computer manchmal zum Lernen benutzt. Er hatte es eilig, fernzusehen, nicht die Kinder zu sehen. Ich brauchte nur noch eine Bestätigung.

- Spielen Sie jeden Morgen Zeichentrickfilme? - habe ich den Lehrer gefragt.

- Ja, so fangen wir mit der Morgenroutine an ... Sie schauen Zeichentrickfilme, dann beginnen wir mit Aktivitäten ... Zugegeben, wir können es für Adan fast nicht abstellen, also lassen wir ihn wieder gehen, damit er nicht wütend wird ...

Die Zeit im Kindergarten hat mir keine Lösung, sondern Antworten gegeben.

An diesem Tag fing ich endlich an, eine Tatsache zu akzeptieren – dass mein Kind vielleicht doch Autismus haben könnte.

Diagnose

Niemand konnte mir sagen, ob mein Kind Autismus hatte oder nicht.
Alle schreckten vor einer solchen Frage zurück.
Von Kinderärzten und Logopäden bis hin zu den größten Experten.
Es war, als hätten alle Angst, das Wort auszusprechen.
Aber ich musste mehr wissen, ich musste mich dem stellen.
Ohne eine Antwort auf diese Frage konnte ich im Leben nicht weitermachen.

Ich hatte das Gefühl, dass ich seit Jahren an einem Scheideweg stand und dass es an der Zeit war, eine Entscheidung zu treffen.

Ich bat die Kindergärtnerinnen, den Zeichentrickfilm einige Vormittage lang nicht zu spielen. Nach ein paar Tagen wollte Adan nicht mehr in den Kindergarten und rannte vor ihm davon.

Durch den Verein und seine Arbeit und Elterngespräche habe ich langsam verstanden, warum wir hier waren und warum mein Kind nicht mit anderen Kindern harmonierte. Tatsächlich gab es keine andere Lösung, als sich an Therapeuten zu wenden. Mein Herz brach, obwohl Adan in dieser Umgebung aufblühte.

Adan war anders und das musste ich akzeptieren.

Es war nicht mehr nur ein Problem der Sprache und des seltsamen Verhaltens. Er bestand darauf, immer alles auf die gleiche Weise zu tun – am selben Ort zu essen, auf derselben Seite des Bettes zu schlafen, sich mit derselben Decke zuzudecken, durch dieselben Straßen zu gehen, dieselben Geschäfte zu betreten, dieselben Parks zu besuchen ... Alles andere verursachte ihm Stress und Wutanfälle, und das fiel mit Autismus zusammen. Obwohl es fast nichts mehr gab, was die Diagnose verneinte, hegte ich immer noch die Hoffnung, dass es nicht Autismus sein musste.

Ich konnte eine solche Wahrheit nicht akzeptieren, aber es machte keinen Sinn mehr, ihr auszuweichen.

- Hat mein Sohn Autismus? – Ich fragte es eines Tages Sabina, die Haupterzieherin im Verein.

- Ich weiß nicht. Wir geben keine Antworten auf solche Fragen. Wir beschäftigen uns nur mit therapeutischer Arbeit. Solche Fragen können nur Spezialisten beantworten. – Sie wich meinem Blick aus und begann, ihre Hände, die auf den Tisch lagen, zu sich zu ziehen.

- Ich weiß, dass du es weißt, aber du wirst es mir sowieso nicht sagen, oder? - fragte ich mit leiser, zitternder Stimme, dem Weinen nah.

Sie sah mich an und wurde plötzlich ernst. Sie richtete sich auf und nahm eine Haltung ein, als wollte sie mir das Wichtigste der Welt sagen. Sie war eingebildet, entschlossen und direkt.

- Ich kann diese Frage nicht beantworten, aber ich kann sagen, dass Sie ein schönes und kluges Kind haben und dass viele Menschen alles in der Welt dafür geben würden, ein solches Kind zu haben. Ihr Kind ist schön, so wie es ist. So wie Sie es sehen, werden es andere auch sehen. Die Diagnose kann daran nichts ändern.

Ich drehte mich zum Fenster ... Ich konnte nicht einmal mehr weinen; ich spürte einen dumpfen Schmerz in meiner Brust, der immer stärker drückte, und ich hatte das Gefühl, dass gleich alles platzen würde. Ich war mir selbst überlassen wie ein Boot auf stürmischer See. Sabina rief mich mit ihrer Geschichte in die Realität zurück, und mein Blick wanderte umher und sah nur das Meer.

- Ich weiß nicht, ob Adan Autismus hat oder nicht, aber ich weiß, dass ihn Schwierigkeiten nicht definieren.

- Ich liebe ihn so sehr ... Ich habe solche Angst um ihn seit seiner Geburt. Ich kann es nicht ertragen. Er wird lebenslange Schwierigkeiten haben. Es wird mich umbringen, ich will nicht, dass er so lebt!

- Die Diagnose verändert das Kind nicht. Ihr Kind ist Ihr Kind, mit oder ohne Diagnose. Nichts kann das ändern.

- Ich weiß, aber gerade deshalb kann ich mich damit nicht abfinden. Es ist, als ob Gott versucht, es mir von Anfang an wegzunehmen ...

- Niemand kann Ihnen Ihr Kind wegnehmen. Anders zu sein bedeutet nur, dass Sie eine andere Beziehung dazu haben werden ...

- Aber ich will kein Kind, das anders ist! Ich will ein Kind wie alle anderen!

- Wir wählen solche Dinge nicht aus, es ist unvorhersehbar ... Haben Sie alle notwendigen Untersuchungen durchführen lassen?

- Ich habe noch nicht die Kraft dazu. Ich kann das nicht. Wenn ich das tue, gibt es keine Hoffnung, dass es nicht Autismus ist. Wie werde ich dann damit leben können?

- Sie sollten es tun, denn alle Tests werden Zweifel an anderen Diagnosen beseitigen. Sie müssen stark sein für sich selbst und für ihn, denn das ist schließlich zum größten Teil Ihr Kampf.

- Ich kann nicht ... Ich weiß nicht ... Ich habe nicht die Kraft dazu ...
– Ich verschluckte mich an den Tränen.

- Sie können und Sie müssen! Das sagen alle Eltern am Anfang, aber mit der Zeit lernen sie, für sich und ihr Kind zu kämpfen ... Der Tag wird kommen, an dem Sie stolz auf sich und ihn sein werden.

- Wie, wenn er Autismus hat?

- Nicht alles ist, wie sie sagen. Das sind kluge und edle Kinder. Oft sind ihre Eltern viel glücklicher und stolzer als Eltern „normaler" Kinder. Sie können viel erreichen, man muss ihnen nur eine Chance geben.

Ich verabschiedete mich von ihr und ging. Dieser Raum und ihr Optimismus, mit dem sie alles betrachtete, begannen mich zu ersticken.

Ich hatte keine Wahl. Ich musste die Wahrheit akzeptieren. Egal, wie sehr ich sie leugnete und wie sehr ich mich weigerte, sie war da. Ich beschloss, dass ich alles ertragen würde, egal wie schwer es war.

- Sie können und Sie müssen! – Ich habe Sabines Worte wiederholt.

In ihnen war der Schlüssel zu dem, was ich zum Kämpfen brauchte.

Ich wollte und konnte nicht länger in Ungewissheit leben.

Ich wollte den Namen unseres Problems wissen.

Ich musste wissen, ob mein Kind hörte oder nicht, sah oder nicht, ob es Autismus hatte oder nicht.

Ich musste einen Sinn finden.

Ich musste mich auf jemanden verlassen.

Es tat weh.

Ich liebte meinen Sohn.

Es genügte mir, ihn anzusehen, und er gab mir die Kraft, von der ich oft dachte, ich hätte sie nicht und würde sie nie haben. Aber ich wusste nicht, wohin ich ging und was ich bekommen würde. Ich begann zu glauben, dass das Leben wirklich nur ein Moment ist, ein einziger Moment, und dass wir immer da sind, wo wir sein müssen.

Ich plante alle Untersuchungen, die vor uns lagen.

Ich habe Termine aufgeschrieben.

Es hat Monate gedauert, aber ich konnte nicht zurück.

Ich weckte ihn nachts auf und blieb bis zum Morgen wach.

Ich ging zu erfolglosen Prüfungen und kehrte zurück und plante sie erneut.

Sie nahmen ihm Blut ab, und ich hielt ihn mit der Hälfte des anderen Krankenhauspersonals fest.

Sie haben ihn vor mir Sediert.

Danach sollte ich ihn noch zwei Stunden auf dem Krankenhausflur in meinen Armen halten, damit er sich von dem Beruhigungsmittel erholte.

Jeden Tag habe ich Befunde hochgeladen und neue Untersuchungen geplant.

Es begannen zahlreiche Tests durch verschiedene Psychologen, aber das intellektuelle Niveau meines Sohnes interessierte mich überhaupt nicht. Es hat mich nicht interessiert, wie spät er in ausdrucksstarker und rezeptiver Sprache ist, auf welchem Niveau seine motorischen Fähigkeiten sind. Ich hielt all diese Tests für unzureichend, weil wir lange in verschiedenen Gängen gewartet haben und mein Junge oft schlaflos, müde und hungrig war.

Er erzielte bei den meisten Tests hohe Ergebnisse. Alle waren sich einig, dass er einen guten Hintergrund zum Lernen hat, dass man gut mit ihm zusammenarbeiten konnte und dass er sich verbessern konnte. Ich hielt die Höruntersuchung für wichtig, weil ich wissen wollte, ob er hören konnte oder ob Hörprobleme die Ursache für seine Probleme waren. Die Feststellung wurde in fünfzehn Tagen abgeschlossen. Sie teilten mir mit, dass etwas nicht stimmte und dass sie auf einen Spezialisten warteten, der die Ergebnisse erneut überprüfen musste. Ich wartete mit Unsicherheit, aber dann war alles in bester Ordnung, Adan hatte das Gehör eines Kaninchens.

Bei jeder Untersuchung musste ich erklären, warum wir das machten, wer danach gefragt hatte, wer uns überwiesen hatte, weil den Ärzten auf den ersten Blick nichts klar war. Der Kinderarzt füllte schweigend neue und neue Überweisungen aus und wagte nicht zu fragen, warum wir sie brauchten.

Diese Situation dauerte Monate.

Der Sommer dauerte lange.

Adan warf das Futter, das ich ihm gab, den Vögeln zu. Es sah so aus, als würde er das perfekte Leben führen.

Ich beneidete ihn darum und fragte mich, warum ich selbst nicht so leben konnte. Warum kann ich nicht im Jetzt leben? Vielleicht sollte ich von ihm lernen? Vielleicht hätte ich wie er zum „Moment der Freude" zurückkehren und ihn genießen sollen, egal wie hart der Tag war? Deshalb spielten wir auf den Gängen, in den Wartezimmern, im Auto und auf den Bänken. Überall hatten wir die Voraussetzungen zu spielen. Ich ließ ihn mit dem batteriebetriebenen Kinderwagen durch die Krankenhauslobby fahren. Alle sahen ihn als lächelndes, glückliches Kind und fragten mich oft, was wir im Krankenhaus machten.

Wir haben Tests in der onkologischen Abteilung, beim Hals-Nasen-Ohrenarzt, Augenarzt, Neurologen, Physiater ... durchführen lassen. All dies war Teil der Untersuchung, die sie uns von der Kinderpsychiatrie abverlangten. Ich erklärte, dass es ihm gut gehe und dass es ihm gut gehen wird, dass sie sich keine Sorgen um ihn machen sollten, dass es nicht das Schlimmste war, was passieren konnte ...

Schwester Kata war Oberschwester in der Kinderklinik. Sie war eine Nonne. Die Ruhe und Leichtigkeit, mit der sie alle Aufgaben erledigte, zeigte, dass sie eine große Gläubige war. Ich teilte ihr den Befund mit und wurde dann zu dem Arzt gerufen, der die endgültige Diagnose stellen sollte.

Sie begann mit den üblichen Fragen zu Schwangerschaft und Geburt, und ich fragte, ob es notwendig sei, das alles zu beantworten, weil ich nicht mehr den Willen und die Kraft hätte, solche Fragen zu beantworten. Zum tausendsten Mal musste ich wiederholen, wie ich geboren hatte, wie ich mich während der Schwangerschaft gefühlt hatte, als die Probleme begannen. Ich ließ sie wissen, dass es mindestens zehn Papiere gab, auf denen dies alles geschrieben wurde, aber das Verfahren war das Verfahren, und ich konnte es fast nirgendwo vermeiden.

- Willst du mich etwas fragen? - sagte Kata plötzlich, und ich durfte diese Gelegenheit nicht verpassen.

- Warum haben alle so viel Angst vor Autismus?

- Weil es sich um eine relativ neue Erkrankung handelt, die fast unerforscht ist. Es gibt keinen Fortschritt in der Wissenschaft und die Ursache dieser Störung ist noch unbekannt. Aber ich verfolge Kinder, die außergewöhnliche Fortschritte und Ergebnisse erzielt haben.

- Durchs Arbeiten?

- Ja, von der Arbeit. Du musst etwas finden, das ihm gefällt oder das ihn motiviert, um es aufzusuchen. Arbeite einfach weiter mit ihm und er wird von Tag zu Tag besser und besser.

- Wird bei meinem Sohn Autismus diagnostiziert? – Das war die Frage, die mich beschäftigte und wegen der ich hier war.

- Im Moment gehen wir davon aus, dass er eine disharmonische Entwicklung mit Elementen des Autismus hat. Er ist noch klein und es ist nichts über ihn bekannt. Nichts ist endgültig und alles hängt vom Fortschritt ab. Wir wollen, dass sich die Kinder von der Krankheit erholen. Wir können die Diagnose jederzeit reduzieren oder ändern. Mach dir keine Sorgen.

Ich nickte zustimmend, als ob mir alles klar wäre, aber tatsächlich war ich verwirrt.

Bedeuteten die Elemente von Autismus, dass er Autismus hatte?

Gibt es noch Hoffnung, dass es nicht Autismus ist?

Wie lange hält die Hoffnung?

Akzeptanz

Es war mein Schicksal, ein Kind mit Autismus zu haben.
War das schon immer so geschrieben worden?
Habe ich in seiner frühen Erziehung einen Fehler gemacht?
Wen soll ich beschuldigen?
Autismus kann jedem passieren; es kann mit dem ersten und letzten Kind, bei hoch gebildeten und niedrig gebildeten, glücklichen und unglücklichen Paaren vorkommen.
Sie alle haben eines gemeinsam – sie wussten es nicht.
Warum ist es so und wofür ist es gut?
Wir haben auch oft über Impfungen gesprochen, weil die meisten Eltern nach der MMR-Impfung Veränderungen bei ihren Kindern bemerkten, aber ich war mir bei nichts sicher.
- Es würde mich umbringen, wenn ich wüsste, dass der Impfstoff schuld ist. Es ist besser, dass ich es nicht weiß und nicht darüber nachdenke - sagte Maja, die ihren Sohn aus Kroatien zur Therapie mitbrachte.
- Und um ein Heilmittel zu erfinden?
- Ich weiß nicht einmal, ob ich das Heilmittel möchte ... Ich habe mich so daran und an Autismus gewöhnt. Ich kann ihn mir nicht einmal mehr anders vorstellen, als er ist. Ich weiß gar nicht, wie das aussehen würde. – Das sagte Maja, die einen sechsjährigen Sohn mit Autismus hatte.
- Mir geht es genauso wie dir. Ich kann mir nicht mehr vorstellen, dass Adan spricht. Und ich habe lange davon geträumt, dass er spricht ... davon kann ich nicht einmal mehr träumen ... Ich fürchte, ich gewöhne mich langsam an seinen Zustand. Ich höre auf, ihn mir als gewöhnliches Kind vorzustellen. – Dies habe ich mir selbst und Maya gegenüber zugegeben.

- Wir gewöhnen uns an Autismus, wir akzeptieren ihn. Die Zeit fordert ihren Tribut. Mein Sohn ist fast ein halbwüchsiges Kind und ich kann nicht an Dinge denken, für die es zu spät war.

- Ist das gut, Maja?

- Ich weiß nicht. Es gibt diejenigen, die Autismus nie akzeptieren und ihr ganzes Leben lang dagegen ankämpfen. Andere akzeptieren es, lernen seine Regeln kennen und leben damit.

- Was denkst du, Maja, wer von ihnen ist glücklicher?

- Vielleicht diejenigen, die es akzeptieren, denn es gibt Dinge, die man nicht ändern kann. Und alles, was du nicht ändern kannst, musst du akzeptieren, um glücklich zu sein.

Obwohl wahrscheinlich keiner von ihnen glücklich ist. Du musst dieses Kind lieben. Du solltest ihn lieben, auch wenn er hässlich und untalentiert ist und eine Krankheit hat. Denn er ist dein Kind, ein Teil von dir.

- Aber wer die Diagnose nicht akzeptiert und sein Leben lang dagegen ankämpft – kommt der nicht weiter?

- Arbeit und Annahme sollten getrennt werden. Mit einem „normalen" Kind ist es genauso – wenn du härter arbeitest, werden die Ergebnisse besser. Wenigstens weiß ich das , weil ich vier davon habe!

- Es ist schwer für eine Person, sich damit abzufinden ...

- Ja, das ist richtig. Es ist sowohl schwierig als auch schrecklich, aber auch unvermeidlich. Ich kenne Eltern, die die Wahrheit nicht akzeptieren können und sich für ihre Kinder schämen. Es ist viel schlimmer als Akzeptanz.

- Wie kann ich sie trotzdem verstecken? Ich könnte Adan nicht verstecken, selbst wenn ich wollte, weil er sich ständig umdreht, in die Hände klatscht oder schreit ...

- Wir müssen unsere Kinder akzeptieren, damit andere sie auch akzeptieren. Wir können das nicht von anderen erwarten, wenn wir sie nicht akzeptieren.

- Ich weiß, wir alle lieben unsere Kinder, aber andere haben Angst vor ihnen und wollen sie nicht um sich haben. Du musst so tapfer sein und all die erbärmlichen Blicke ertragen.

- Du musst nicht einmal darüber nachdenken ...

- Ich kann nicht aufhören daran zu denken! Ich kann akzeptieren, dass mein Kind eine Diagnose hat, aber wie kann ich akzeptieren, dass Spezialisten nichts darüber wissen, dass es keine Therapie für ihn gibt und wir keine Unterstützung haben? Für ihn kostet alles das Doppelte, und dazu war ich noch nicht bereit. Dieser Kampf mit dem System fällt mir schwerer als die Krankheit selbst.

- Mir auch, aber leider ist das so. Wir müssen uns auf das Kind konzentrieren, denn das System in diesem Land und in Kroatien wird sich noch lange nicht ändern. Es gibt nur eine Richtung, wohin wir schauen sollten, und das sind unsere Kinder.

Mir wurde langsam klar, dass Autismus nicht schnell verschwinden wird und dass ich deswegen mein Leben, meine Einstellungen und meinen Glauben ändern musste. Nur so konnte ich der ganzen Sache standhalten.

Mein Mann akzeptierte immer noch nicht, dass Adan einige Schwierigkeiten hatte. Ich verstand, dass es für ihn ein langer Prozess sein würde, der vielleicht nie enden würde, aber ich musste die Tür zum Autismus öffnen und ihn in mein Leben lassen, seine Regeln lernen und akzeptieren, dass er zu meinem Schicksal wurde. Ich musste alles an ihn anpassen, und das Schwierigste für mich war, meine Träume und Wünsche aufzugeben. Ich habe akzeptiert, dass jemand anderes einen Plan macht und ich mich an seine Regeln halten muss. Eines war mir völlig klar – es ist nicht einfach und es wird nie einfach sein, und im Hintergrund stand eine Frage, die schwieriger und schrecklicher war als alles andere: Was wird aus ihm, wenn ich weg bin?

Diese Frage stellt die größte Angst der Eltern von Kindern mit Entwicklungsschwierigkeiten dar; das ist die erste Frage, die sich jeder heimlich stellt, wenn er einen Zettel bekommt, auf dem irgendein „F" steht; das ist die erste Frage, über die niemand gerne spricht, denn dieser Tag der Abreise, dieser Tag des Todes, ist eigentlich die vielleicht größte Herausforderung des Autismus. Es ist der Tag, an dem das Kind allein bleibt, jenseits der Grenzen unserer Hilfe; es ist der Tag, den Eltern mehr fürchten als ihren eigenen Tod. Und das war auch das Erste, was ich mit mir selbst ausmachen musste.

Als ich das erste Mal einen Erwachsenen mit Autismus sah, tat mir danach tagelang der Kopf weh. Erst da war mir völlig klar, warum über Erwachsene mit Autismus kaum gesprochen wird. Ich war nicht die Einzige, die sich fragte, wohin Erwachsene mit Autismus gehen und warum ihre Eltern nicht über sie sprechen wollen.

Ich war mit dem Vater eines Jungen aus Belgrad unterwegs, der zur Therapie nach Sarajevo kam. Jeden Tag gingen wir spazieren und tauschten Erfahrungen aus. Sein Junge hatte auch keine Diagnose, aber es war offensichtlich, dass sie dasselbe Problem hatten.

- Ja, mir ist auch aufgefallen, dass niemand über Erwachsene mit Autismus spricht. Es gibt so viele registrierte Kinder, und es ist mir nicht klar, wohin sie verschwinden, wenn sie groß sind.

- Vielleicht werden die Eltern dieser Kinder müde und ziehen sich zurück.

- Über Erwachsene mit Autismus wird im Internet kaum gesprochen. Manchmal finde ich Texte darüber, wie sie arbeiten und Familien haben, aber ich weiß nicht, warum ich sie nirgendwo sehen kann.

- Glaubst du, es ist wirklich möglich? Arbeiten und Familie haben?

- Ich weiß nicht, deshalb habe ich gefragt, ich wollte es sehen ... Ich vermeide es, dies vor meiner Frau zu tun, weil sie es immer noch nicht akzeptiert.

- Hast du Angst? Hast du Angst vor der Diagnose?

- Ich habe eine Million Ängste und weiß nicht, mit welcher ich anfangen soll! Ich habe vor allem Angst – vor ihm und vor mir und vor ihr. Ängste sind vielfältig und ändern sich von Tag zu Tag. Hast du Angst?

- Ich habe große Angst, dass sie nicht unabhängig werden können.

Ich schätzte seine Ehrlichkeit.

Ich genoss seine Gesellschaft, weil er ein Vater war, der Probleme akzeptierte.

(...)

Ich schloss meine Augen und dachte das Schlimmste: Ich sah mein Versagen, ich sah, dass der Tag meiner Krankheit und Schwäche gekommen war, ich sah, dass der Tag gekommen war, an dem ich meinen erwachsenen Sohn zu einer der wenigen Institutionen für Geisteskranke begleitete, in der er den Rest seines Lebens verbringen würde, isoliert und eingeschlossen. Ich sah, wie er weggebracht wurde, ich sah mich, wie ich ihm die Hände entgegenstreckte.

Er wurde wie ein Gefangener weggebracht und ich wusste, dass es das Ende war und ich nichts mehr für ihn tun konnte.

Ich öffnete meine Augen.

Ich sah Adan auf dem Boden mit Würfeln spielen.

Nichts von dem, was ich mir vorgestellt hatte, geschah.

Es war die Angst, die es mir einflüsterte.

Mein Vierjähriger spielte auf dem Boden.

Wenn der letzte Tag kommt, was passiert dann mit all den anderen Tagen, die ich mit ihm habe?

Doch das Leben lag vor uns und wir brauchten nicht an die Tage zu denken, die kommen würden.

Mein Sohn ist noch ein Kind.

Ein Kind, das nur eine Kindheit hatte, und meine wichtigste Aufgabe war es, es so glücklich wie möglich zu machen.

Ich würde noch so viele schöne, erfüllte und glückliche Tage mit ihm verbringen können!

Das Leben wartete darauf, dass wir alles in ein wunderbares Abenteuer verwandelten!

Ich schwor mir, dass ich an diesen Tag nicht mehr Gedanken verschwenden würde als an all die anderen Tage.

Zeit ist ein unbezahlbares Gut und es sollte nicht befürchtet werden, sie ohne Gegenleistung zu verschwenden.

- Mama! Mama!

Meine Tochter rief mich an und ihre Stimme riss mich aus meinen tiefen Gedanken über die Zeit und den Sinn des Lebens.

- Mama, sprechen Tiere miteinander? - fragte Adna spielerisch.

- Wahrscheinlich ja.

- Aber, Mama, ihre Stimmen werden nicht gehört, wir verstehen sie nicht ... Verstehst du sie?

- Nein, ich verstehe nicht, aber sie verstehen sich.

- So liebt ein Schaf sein Kind, obwohl es nicht spricht, so wie du Adan liebst, obwohl er nicht spricht. Sie kuscheln und reden wie Tiere, ohne Stimme.

- Es gibt viele Möglichkeiten, jemanden zu lieben, den du kennst, Adna!

Vielleicht funktionieren Tiere besser, weil sie weniger sprechen.

Kleiner Prinz

Jede Form des Lebens ist besser als der Tod.

Ich tröste mich nicht mit dem Unglück eines anderen, das größer ist als mein eigenes.

Wenn Sie die Papiere über die maximale Behinderung des Kindes in die Hände bekommen, auf denen alle Chancen besiegelt sind, dass es anders sein wird; wenn du einen Zettel bekommst, auf dem steht, dass dein Kind ein Problem für die Bürokratie, eine Statistik für die Wissenschaft, ein Fall für Ärzte und für andere Menschen ist, was niemandem passieren soll; wenn Ärzte und Spezialisten auf den Boden schauen, während sie mit dir sprechen und über dein Kind sprechen; wenn sie nicht den Mut finden, dir in die Augen zu sehen und dir zu sagen, dass das Kind eine Autismus-Spektrum-Störung hat – dann musst du alles überdenken, denn nichts ist mehr, wie es war, und wird es nie sein.

Ich habe alles getan, um Adan besser zu machen, aber ich hatte keine „hohen Erwartungen" an seine Zukunft. Große Erwartungen bringen immer große Enttäuschungen mit sich, und ich wollte nur glauben, aber nicht erwarten. Mit der Diagnose Autismus musste ich viele Erwartungen aufgeben und es schien verrückt, neue aufzubauen. Das Leben hat mir tatsächlich gezeigt, dass man das Leben nicht planen kann. Es ist sinnlos, über eine Zukunft nachzudenken, die auch ohne Autismus schwer fassbar ist, geschweige denn mit der Störung. Ich hatte Angst um Adans Zukunft, aber ich erinnerte mich daran, dass seine Zukunft nicht mir gehörte und dass es der größte Fehler ist, den Eltern machen können, das zu glauben. Meine Aufgabe war es nicht, über Adans Zukunft nachzudenken, sondern sein Aufwachsen zu unterstützen und ihm auf dem Weg zu helfen, den er wählen und gehen würde. Mit oder ohne Autismus.

(...)

Wahrscheinlich sollten die meisten Geschichten über Autismus von Müttern handeln, die in ihren Kindern Genies finden, aber unsere Geschichte war anders: Mein Sohn war kein Genie. Adan war ein schönes und intelligentes Kind, aber seine Wahrnehmung der Welt war völlig anders als die der „Anderen", geistig war er völlig anders als seine Altersgenossen. Viele Eltern sind zunächst, bevor sie von der Störung erfahren, sogar glücklich und stolz, weil sie von allen Seiten über Einstein, Mozart und Tesla hören, die, wie bestimmte Überlieferungen sagen, selbst ein wenig oder vollständig autistisch waren; viele Eltern glauben in diesem Moment, dass sie ein wirklich kluges Kind bekommen haben, ein Kind, das andere Menschen nicht mag, und dass es nichts Geringeres als Einstein werden wird. Es ist jedoch wahrscheinlicher, dass diese Diagnose Ihnen ein Kind mit ernsthaften psychischen Problemen beschert, und das ist die Wahrheit, von der alle Eltern ausgehen sollten, denn eine Illusion ist der falsche Beginn einer unangenehmen und schwierigen Reise.

Jetzt weiß ich, was ich am Anfang nicht wusste: Ein Kind mit Autismus zu haben und großzuziehen ist nicht das Schlimmste, was einem passieren kann. Es ist notwendig, die Dinge nach Bedarf, Intensität und realistischen Erwartungen zu arrangieren. Manche Eltern hoffen auf Genialität, andere stellen sich Kinder vor, die schaukeln, mit dem Kopf gegen die Wand schlagen, das gleiche Wort wiederholen, sich verletzen, beißen oder an den Haaren ziehen, Kinder, die wie Pflanzen sind und ins Nichts schauen – Autismus ist tatsächlich etwas in dazwischen, trägt das eine und das andere in sich.

Autistische Kinder sind schlau, und jeder, der mit solchen Kindern arbeitet oder gearbeitet hat, wird dem zustimmen. Sie sind intelligent und in verschiedenen Dingen talentiert, was sie für andere oft ungewöhnlich und unverständlich macht. (Ich habe oft über Adan gesagt, dass er alles wusste und dass er nichts wusste, und das war die Wahrheit, die alle autistischen Kinder begleitete.)

Durch das Leben mit Autismus habe ich gelernt, dass Intelligenz bei vielen Kindern von „Fokus" herrührt, der bei ihnen sehr ausgeprägt ist. Kinder „aus diesem Spektrum" wussten, dass sie sich stark auf ihre eigenen Wünsche und Bedürfnisse konzentrierten, und oft folgten unglaubliche Lösungen, mit denen sie dies erreichten. Eine weitere, mehr als wichtige Tatsache habe ich von einem bekannten Arzt während Vorträgen auf diesem Gebiet erfahren: Autismus ist eine spezifische Störung, bei der nicht unbedingt alle Entwicklungsstadien verzögert sind. In einigen Stadien waren autistische Kinder ihren Altersgenossen völlig ebenbürtig, in bestimmten Stadien waren sie viel besser. Autismus betraf einfach nicht alle Entwicklungsstadien.

Ich war nicht mehr überrascht darüber, dass Adan viele komplexe Dinge selbst gelernt hatte. Er lernte den Fernseher einzuschalten, DVDs zu wechseln, er lernte Zeichentrickfilme an den Etiketten zu erkennen, obwohl er nicht lesen konnte, er wusste, wie man das Telefon einschaltet und auflädt, er wusste, wie man neue Spiele auf dem Telefon installiert. Er orientierte sich in jedem Raum und Zimmer. Es reichte ihm, einmal an einem bestimmten Ort gewesen zu sein, damit er beim nächsten Mal schon wusste, wo was war.

Auf Anraten unseres Arztes habe ich versucht, seinen „Fokus" zu erweitern und zum Lernen zu nutzen. Durch sein großes Interesse an Tieren konnte ich ihn erreichen, konnte die ersten Silben und schließlich das erste Wort verstehen. Später wurde mir klar, dass er mit Tieren schneller lernte, also kaufte ich Bilderbücher, Puzzles und Arbeitsmaterialien nur mit Tiermotiven. Mir wurde klar, dass mein Genie ganz anders lernt und Dinge anders tut als typische Kinder, und ich hätte ihn nicht zurückhalten sollen.

In wenigen Minuten baute er die 18-teilige Schiene zusammen, baute schnell den Zug zusammen und platzierte die Batterien dort, wo sie gebraucht wurden. Er liebte Züge und konnte ihnen stundenlang zusehen, wie sie herumfuhren. Sobald die Batterien leer waren, nahm er einen Schraubenzieher und fing an, die betreffenden Teile zu reparieren. Ich wusste nicht, wie ich ihm erklären sollte, dass der Zug nicht repariert werden musste und dass er nur neue Batterien brauchte. Leere Batterien waren ihm zu abstrakt, der Autismus kennt so etwas nicht. Für autistische Kinder muss alles sichtbar sein. Manchmal suchte ich nachts an Tankstellen oder in der Nähe von Zeitschriftenhändlern nach Batterien.

Die Zeit forderte ihren Tribut und ich gewöhnte mich langsam an diese einzigartige und spezifische Art und Weise, wie Adan funktionierte. Als ich das „Genie" aus meinem Kopf bekam und erkannte, dass es weder mir noch meinem Sohn passieren würde, und als ich anfing, Autismus als den einzig möglichen und realistischen Weg zu betrachten, fing ich an, die sensorische Kommunikation meines Sohnes zu lösen und Verhaltensprobleme. Alles begann in eine viel bessere Richtung zu gehen, besonders nach dem Vortrag dieses berühmten Professors, der versuchte, viele falsche Vorstellungen zu erklären, die mit Autismus einhergehen. Wie das vom Genie, das oft mit Kindern oder Erwachsenen mit Autismus in Verbindung gebracht wird: Wenn Sie ein Drittel Ihres Lebens damit verbracht haben, Blöcke zu stapeln oder zu zeichnen oder mit Zahlen zu arbeiten oder ein Instrument zu spielen, sollte sich niemand wundern, wenn Sie mehr als gut oder ausgezeichnet darin werden. Kinder mit Autismus verbringen Stunden, Tage oder sogar Jahre damit, das zu tun, was sie lieben. Sie investieren die Zeit, die sie nicht mit Gleichaltrigen verbringen, in ihre „außergewöhnlichen Fähigkeiten". Daher ist es nicht verwunderlich, dass sie so gut darin werden, die meisten Kinder, die ebenso viel Zeit in eine Sache investieren würden, würden genauso gut oder vielleicht sogar besser darin werden.

Dieses Wissen hat meine Träume vom Genie wie eine Seifenblase zum Platzen gebracht. Ich hörte auf zu träumen, dass mein Sohn etwas Großartiges für die Menschheit tun würde, aber ich glaubte immer noch, dass er eines Tages etwas für sich selbst tun würde. Ich hatte noch ein intelligentes Kind, das in Zukunft viele nützliche Dinge tun konnte. Während andere Mütter um mich herum über ihre Söhne und ihre Zukunft sprachen, sich wünschten, dass ihre Söhne Ärzte, Professoren und

Anwälte usw. würden, schwieg ich und wünschte, dass mich niemand nach meinen Träumen fragen würde, denn ich hatte nur einen für Adan: dass er glücklich werden würde und vielleicht eines Tages etwas tun konnte, das ihm Spaß machte. Und nichts weiter.

Körperteile

Kinder „aus dem Spektrum" brauchen Jahre, um zu lernen Körperteile zu erkennen. Es war hart für mich, dass Adan nicht zwischen Händen und Füßen unterscheiden konnte, aber es hat mich gleichzeitig fasziniert, weil ich mir nicht einmal im Traum vorstellen könnte, wie schwierig es für sie war, für die Kinder aus dem „Spektrum". Für mich war das die größte Bestätigung dafür, dass mein Sohn Autismus hatte. In den meisten Fällen denken Eltern, dass Autismus „über Nacht auftaucht und alle Symptome auf einmal erkannt werden, aber die Rückbildung beginnt erst mit 16 oder 18 Monaten und die Symptome entwickeln sich langsam und nicht in einem schnellen Tempo. Erst dann fügt sich alles zum berühmten Dreiklang zusammen.

Autismus ist, was es ist: Sie lernen jeden Tag etwas Neues darüber: Worte, Blicke, mit dem Finger zeigen, Spiele und Kommunikation. Am Ende erreicht man das, was verloren gegangen ist, ohne dass man überhaupt wüsste, wie und wann.

Ich kann mich nicht erinnern, ob wir jemals zuvor „Körperteile" betrachtet hatten und ob Adan sich ihrer vor seiner Diagnose bewusst war, aber ich weiß, dass wir eine verdammt lange Zeit brauchten, um sie zurückzubekommen. Wir haben es auf verschiedene Weise versucht, wir haben die Versuche gedreht und umgekehrt – in einer Badewanne voller Schaum, vor einem Spiegel, auf Bildern, auf Karten, auf Spielzeug. Er sah in den Spiegel, machte sich lustig, streckte die Zunge heraus, berührte sein Gesicht mit den Händen, aber selbst nach dem tausendsten Mal wusste er nicht, wo seine Beine waren, wo seine Arme waren und wo sein Kopf war. Alle seine Antworten waren eine Nachahmung von meinen und meinem eigenen Spiegelbild.

Ich fragte ihn, wo sein Kopf sei, und er sah mich verwirrt an, als wüsste er nicht, was er tun sollte. Ich war schweißgebadet, ich berührte meinen Kopf und seinen Kopf hundertmal mit meinen Händen, aber die Wochen vergingen erfolglos. Es gab Tage, an denen ich dachte, er würde es nie lernen.

Ich fragte immer wieder andere Eltern, ob sie das gleiche Problem hätten. Die meisten kämpften mit „Körperteilen", aber es gab auch solche, deren Kinder es schnell beherrschten.

- Wenn andere Kinder es lernen können, warum haben wir es so schwer?,- fragte ich mich.

Wie oft habe ich vor Schmerz über das Leben selbst gelacht, wenn ich daran dachte, wie Kinder diese Dinge spontan und ohne es zu merken lernen! Ich beneidete die glücklichen Eltern „typischer" Kinder, die nicht Tage und Stunden damit verbringen würden, „Körperteile" zu lehren. Mir gingen die Ideen und die Geduld aus und ich fing an es aufzugeben. Ich war mir sicher, dass ich den richtigen Weg finden würde, es ihm zu erklären, aber ich konnte ihn nicht finden. Ich habe Videos von Körperteilen abgespielt, weil es meine körperliche Beteiligung nicht mehr erforderte. Ich wollte das Studium nicht aufgeben, aber ich hatte keine Ideen mehr.

Er begann langsam zu wiederholen, wie ein Körperteil genannt wurde, aber er verstand immer noch nicht die Bedeutung der Wörter „Arm" und „Bein". Er wiederholte diese Worte mit Echolalie, aber er wusste, wie er sie an sich zeigen sollte, er wusste nicht, was er mit dem meinte, was er sagte. Die Videos zeigten einzelne Körperteile, also lernte er nur, sie zu wiederholen und zu benennen. Er lernte wie alle anderen Kinder – durch Nachahmen –, also kam ich auf die Idee, seine Schwester auf sein Handy aufzunehmen, wie sie ihre Körperteile zeigte.

Zuerst lächelte er nur, aber sofort fing er an, seine Schwester zu kopieren und Körperteile an sich selbst zu wiederholen. Es war der erste Schritt aus der Sackgasse und der gab mir Hoffnung. Bald filmte ich mich, dann ihn, und endlich verstand er, was die Körperteile bedeuten, was es bedeutete, wenn ich sagte „Hände hoch" oder „Ball mit dem Fuß treten". Er wusste, dass man sie manchmal verwechselte, aber er hatte immerhin das Wesentliche ein für alle Mal verstanden.

Viele Male haben mich Eltern anderer Kinder gefragt, warum es für ein Kind so wichtig ist, Körperteile zu kennenzulernen . Mir wurde klar, dass dies der Anfang des Erlernens von Nachahmung ist und dass sie wissen müssen, dass sie Arme und Beine haben, um sie zu benutzen, um andere zu imitieren. Viele Kinder „aus dem Spektrum" waren sich ihrer selbst, ihres Aufenthalts in einem bestimmten Raum, ihrer Position, ihrer Körperhaltung gar nicht bewusst ... Sie mussten zunächst sich selbst erfahren und erst dann andere. Am besten verstand ich das in dem Text eines Experten aus Amerika, der über sensorische Probleme und Wahrnehmungsstörungen bei solchen Kindern schrieb. Ein besonderer Teil des Textes war der Erläuterung des Problems des Haareschneidens von Kindern mit Autismus gewidmet, da sie bei solchen Vorhabens Panikattacken bekamen. Adan gehörte zu ihnen. Er wurde sogar in der Nähe eines Friseursalons hysterisch und wir konnten kaum die Straße hinuntergehen, wo er sich einmal die Haare schneiden ließ. Wir mussten jedes Mal mindestens fünf Leute engagieren, um ihm die Haare zu schneiden, und wir versuchten das Problem zu beseitigen, indem wir ständig den Friseursalon wechselten. Der erwähnte amerikanische Experte behauptete, das Problem liege in dem Laken, mit dem die Friseure die Kinder zudecken. Ein „typisches" Kind weiß noch, dass es Arme und Beine hat, wenn sie bedeckt ist, aber ein autistisches Kind kann in dieser Situation keine Körperteile mehr sehen; dann denkt es, dass sie weg sind, und bekommt deswegen Schrei-, Heul- und Schnappatmungsanfälle.

Ich bat die Friseure, ihm die Haare zu schneiden, ohne ihn mit einem Laken zu bedecken, ihn hochzuheben, damit er seinen eigenen Körper sehen konnte. Sie sahen mich vorwurfsvoll an, folgten aber meinem Rat. Dieser Rat war wie die meisten anderen unbezahlbar, doch er war effektiv. Auf diese Weise haben wir das Problem mit dem Zähneputzen, Waschen und Nägelschneiden ebenfalls gelöst.

- Schau, Sohn, du putzt dir die Zähne! Du putzt dir die Zähne!

Er wiederholte es und bald wusste er, wie die Aktion hieß und was sie bedeutete: Es genügte zu sagen, dass er sich die Zähne putzen sollte, und schon ging er in Richtung Badezimmer, stellte den Stuhl auf und nahm die Bürste in die Hand. Mir wurde klar, dass jeder seiner Widerstände angegangen werden konnte, aber nur auf die richtige Art und Weise. Ich musste ständig dazulernen, denn bei Adan lief nichts so, wie ich es erwartet hatte oder hätte haben wollen.

Ich sah Adans Widerstand nicht mehr nur als Widerstand, sondern als Botschaften, die mir sagten, dass ich etwas anders machen sollte. Ich sah die Ängste meines Sohnes als meine eigenen an. Ich ignorierte nichts mehr und suchte ständig nach Lösungen für all die Probleme, mit denen wir konfrontiert waren.

Ich fühlte mich schlecht, weil ich auf Dingen bestand, die er nicht akzeptierte und denen er sich widersetzte. Ich machte mir Vorwürfe, dass ich Autismus nicht viel früher akzeptiert und meinem Sohn geholfen hatte, leichter durch schmerzhafte Prozesse zu gehen. Ich dachte an die Zeit zurück, als ich dachte, ich hätte ein „ungezogenes Kind", obwohl ich in Wirklichkeit ein autistisches Kind hatte, das mit einer Million verschiedener schmerzhafter Reize um sich herum zu kämpfen hatte.

Ich beschloss, ihn von der Regelschule abzumelden und seinen Aufenthalt in einem Sonderkindergarten zu verlängern. Viele Leute sagten mir, dass es die falsche Entscheidung war, aber ich wusste tief in meinem Herzen, dass es nicht so war. Ich habe die Sozialisierung nicht aufgegeben, aber ich habe andere Dinge priorisiert, überzeugt, dass wir es erneut versuchen würden, wenn Adan dazu bereit war.

Adan befand sich in einer Phase von Gefühlsstörungen. Wutanfälle traten bis zu zwanzig Mal am Tag auf, aber ich gab meine täglichen Spaziergänge nicht auf, und danach schluchzte ich im Badezimmer und übertönte mit dem lauten Geräusch von Wasser meine Stimme, entmutigt von dem, was draußen geschah. Ich nahm immer wieder meine Kräfte zusammen und glaubte, dass es morgen besser werden würde, dass es besser werden müsste, dass es nur Phasen seien. Adan warf sich hin, rannte weg, weinte, schrie, schlug andere Kinder, schoss auf Menschen, fiel in Springbrunnen ... Ich war angespannt wie auf einem

Schlachtfeld und immer bereit zu reagieren. Vorsicht war nie genug da und ich hatte fast ständig Angst. Er trat nach Gegenständen, die um ihn herum lagen, warf Regale in Läden um, und ich, naja, ich konnte es vor anderen mit seinem Autismus nicht rechtfertigen. Ich konnte den einzigen Satz, der etwas erklären konnte, nicht sagen: „Entschuldigung, mein Sohn hat Autismus." Ich würde denken, ich hätte ihn verraten, wenn ich das gesagt hätte. Ich litt unter vorwurfsvollen Blicken und hässlichen Kommentaren und konnte dieses schwierige Wort lange nicht aussprechen.

- Mein Sohn hat Autismus!

Nur manchmal würde ich es sagen, um sein Verhalten zu rechtfertigen.

- Tut mir leid, ich wusste nicht, dass das Kind krank ist, man sieht ihm nichts an - sagten die Leute hinterher, und dieser Satz verletzte mich mehr als eine Ohrfeige, als jede Beleidigung. Wie konnte ich den Menschen erklären, dass mein Kind nicht krank ist, sondern „nur" Schwierigkeiten hat, die Welt und die Dinge zu erleben? Von Anfang an versuchte ich zu erklären, dass Adan nicht krank war, aber später gab ich auf.

- Mein Sohn ist nicht krank!!! - schrie ich vor mich hin, während ich jedes Mal bei solchen Kommentaren in Tränen ausbrach.

- Mein Sohn ist nicht krank!

- Ich möchte, dass andere ihn wie jedes andere Kind erleben - sagte ich zu meiner Arbeitskollegin.

- Aber er ist nicht wie jedes andere Kind, er ist anders - antwortete sie.

- Ja, er ist ein Kind, das die Welt anders erlebt, aber immer noch ein Kind, aber kein krankes Kind!

- Ich weiß, aber die Leute sehen Autismus als Krankheit. Sie merken nicht, dass das Kind gesund ist ...

- Mein Kind sieht die Welt anders. Es ist keine Krankheit!! Es ist keine Krankheit, das müssen Sie wissen.

Sechs Phasen

Die Diagnose war nicht das einzige Problem. Es gab viele von ihnen, und eine davon war, wie man das Kind anderen vorstellte und die Kommentare „überlebte", die unweigerlich folgen mussten. Bei den ersten Begegnungen mit der Diagnose treiben einem schon die kleinsten Dinge die Tränen in die Augen, man ist verletzlich, überempfindlich und jede noch so harmlose Situation kann eine tiefe Narbe hinterlassen. Der Prozess der Anerkennung einer Diagnose ist lang und dauert manchmal Jahre. Bei manchen hält es ein Leben lang, andere durchlaufen alle Stationen und gehen erfolgreich in die Zukunft, andere bleiben in einer der Stationen stecken und verbringen dort den Rest ihres Lebens, und manche werden sich nie mit ihrem Schicksal abfinden.

Experten haben argumentiert, dass es fünf Phasen gibt, um eine Diagnose zu akzeptieren.

Die erste Phase stellt einen Schock dar und kommt unmittelbar nach der Erkenntnis, dass etwas nicht stimmt. Das ist der Moment, in dem alles stillsteht und es in den Ohren brummt und der Kopf zu explodieren droht. Gefolgt von Blässe und einem Wissen, das dem Tod gleichkommt. Aber die Wahrheit ist, dass an diesem Tag nur eine Sache stirbt – die Träume.

In der zweiten Phase tritt Traurigkeit auf. Eltern erkennen, dass sie einige Träume bereuen müssen und erst dann weitermachen können. Es gibt Eltern, die bleiben für immer in dieser Phase stecken. Sie sehen anderen Kindern beim Spielen zu und versinken in noch tieferem Selbstmitleid. Aus Traurigkeit wird oft Depression und statt einer bekommen sie zwei Krankheiten, mit denen sie nicht umzugehen wissen.

Danach kommt die dritte Stufe, Wut und Verleugnung. Traurigkeit verwandelt sich mit der Zeit in Wut, und Wut richtet sich gegen nahe stehende Menschen, manchmal sogar gegen das Kind. Wut muss nicht unbedingt ein konkretes Ziel haben, denn manchmal richtet sich die Wut gegen die ganze Welt, besonders gegen die Eltern „normaler" Kinder.

In der vierten Phase treten Verleugnung und Einsamkeit auf. Dann machen die Eltern Zeiten durch, in denen sie sich weigern zu glauben, was mit ihnen passiert ist, und nicht glauben, dass ihr Kind eine so schwierige und ernste Diagnose erhalten hat, dass es etwas erhalten hat, von dem sie noch nicht einmal wissen, was es genau ist. Sie haben das Gefühl, dass niemand auf der Welt sie versteht. Aber sie vergessen, dass sie nicht die Einzigen sind und dass Tausenden anderen Familien dasselbe widerfahren ist. Einsamkeit wird von allen Eltern von Kindern mit Autismus empfunden. Sie haben kaum Zeit für Kontakt mit Freunden oder Familie. Wenn sie anfangen, Autismus zu bekämpfen, wird die Zeit mit verschiedenen Therapien und dem, was sie bekommen und organisieren müssen,stark belastet.

Schließlich kommt die fünfte Stufe – Akzeptanz. Wenn ein Elternteil die Endphase erreicht und das Papier erhält, auf dem die Diagnose seines Kindes steht, hat er bereits viel Zeit „verbraucht".

In den meisten Fällen geben Experten den Eltern viel Zeit, sich vorzubereiten und langsam zur Erkenntnis der Wahrheit zu kommen. Es gibt aber auch Ausnahmefälle, in denen Ärzte schon bei der ersten Untersuchung den Verdacht auf Autismus äußern, der Aufnahmeprozess aber wieder fünf oder sechs Jahre dauert. Wenn die Eltern die Diagnose akzeptieren, sind sie bereit, sich für das Kind einzusetzen. Die Zeit vor der Diagnose ist voller Herausforderungen, verschiedener Zweifel und Experten, voll Nichtakzeptanz und größerer Hoffnung, bestimmt von dem festen Vorhaben, nicht auf die Fakten zu schauen. Die endgültige Diagnose macht dem ein Ende.

Während all dieser Phasen bewegen sich die Eltern hin und her; manchmal haben sie das Gefühl, dass sie sich im Kreis drehen, sich verlieren und auf eine Rückkehr hoffen, aber das Wichtigste ist, dass sie sich ständig ihrer Gefühle bewusst sind und das, was sie durchmachen, im Blick haben, dass sie wissen, dass es nicht einfach ist und dass es nicht einfach sein wird, dass es normal ist zu weinen, wütend, traurig und verzweifelt zu sein und dass all dies letztlich keine Schwäche ist. Das geht jeder durch.

Kein Papier, kein Buch und kein Wissenschaftler sprach über die sechste Stufe. Niemand hat sie erwähnt, und doch sie war da. Das sind die Partner, die in einer solchen Situation für Sie da sein könnten oder auch nicht. Diese Phase wurde in vielen Fällen durch Väter repräsentiert, die Schwierigkeiten dabei hatten, mit den Problemen ihrer Kinder fertigzuwerden. Sie befanden sich ständig in einer Phase der Wut und Verleugnung; sie sahen die Symptome nicht, akzeptierten sie nicht, wollten nicht darüber sprechen. Es bestand die hartnäckige Weigerung, mit Ärzten zusammenzuarbeiten und von den von Experten oder Ärzten präsentierten Fakten wurde nichts akzeptiert.

Mein Mann sagte, dass es Adan gut gehe, dass er alles verstehe, dass er faul sei, dass er nicht reden wolle und dass er seinen Sohn besser kenne als jeder andere. Er sah mich ungläubig an, als ich ihm angab, er solle Adan sagen, er müsse ihm ein Glas Wasser bringen. Er hat es versucht, aber es hat nicht funktioniert. Er wiederholte den Befehl mehrmals, aber Adan hörte nicht zu. Er wurde lauter, er wurde aufgeregter, aber Adan ging immer noch nicht, um ein Glas Wasser zu holen. Nach dem zehnten Satz zitterte seine Stimme, aber er behauptete immer noch, dass Adan verstanden habe, was ihm gesagt wurde.

Ich hatte solche Gespräche satt. Ich akzeptierte das Problem bereits und er fing gerade an, es zu verstehen. Ich wusste, wie er sich fühlte, und versuchte, ihm keine Vorwürfe zu machen. Er rannte vor Ärger davon, wie die meisten. Früher wollte ich selbst weglaufen, aber ich verstand, dass jemand an Adans Seite bleiben musste.

Ich konnte mit Ihm nicht umgehen, ich konnte es mir nicht leisten, Zeit mit einer anderen Seite zu verschwenden. Zwischen Arbeit, diversen Terminen, Therapien, Vereinen, Psychiatern und Pädagogen – konnte ich nicht mehr feststellen, was richtig war und wem ich vertrauen soll. Ich suchte meinen Weg. Ich ließ ihn gehen, aber ich ließ ihn wissen, dass er sich nicht allem in den Weg stellen würde, was ich meiner Meinung nach für meinen Sohn tun sollte.

- Mit oder ohne dich, ich werde alles für ihn tun. Ich werde die beste professionelle Hilfe finden, was auch immer er braucht. Aber es ist nicht richtig für mich, es alleine zu tun. Es ist auch dein Kind.

- Ich kann nicht. Ich würde lieber sterben, als herauszufinden, dass es ihm nicht gut gehen wird!

- Du bist sein Vater und kein Kind! Jetzt braucht er deine Hilfe. Es könnte später zu spät sein!

- Warum er, warum ich? War das nicht alles genug, was vorher passiert ist?

Er ging mit mir zu den meisten Vorsorgeuntersuchungen, aber nie zu einer Sonderschule.

Ich fing an, Autismus zu studieren.

Er behandelte Adan wie ein typisches Kind. Mit einem tiefen Seufzen bewegte er sich über Adans Fesseln hinweg. Aber für ihn blieb Adan nur sein Kind. Früher habe ich ihn darum beneidet, dass er das konnte, aber der Autismus war da und jemand musste sich mit dem auseinandersetzen, was er mit sich brachte ...

Ich konnte und wollte es nicht ignorieren.

„Indigo" und Pferde

Wenn jemand seinen Eltern zum ersten Mal von Autismus erzählt, suchen sie sofort nach Filmen und Büchern darüber. Ich habe alle Sendungen auf „YouTube" durchgesehen und mir war alles gleich unklar. Sie sprachen über die Art der Störung und die Symptome, und ich wollte die Geschichte einer Mutter hören, die mit Autismus lebt, wie ihr Leben von Tag zu Tag und von Jahr zu Jahr aussieht. Ich fragte mich, ob diese Menschen jemals glücklich werden, welche Probleme sie haben, was mich als Mutter eines solchen Kindes erwartet und wie mein Leben in ein paar Jahren aussehen wird.

- Es tut uns leid, aber wir haben nichts. Es gibt nur ein Fachbuch, das wir gerade ausgeliehen haben, das können Sie in etwa zwanzig Tagen abholen. – Die Bibliothekarin sah mich mitleidig an.

- Gibt es nicht einen einzigen Roman, der davon spricht?

- Nein, das haben wir sicher nicht. Ich glaube nicht, dass irgendjemand in unserem Land jemals ein Buch zu diesem Thema geschrieben hat.

- Wirklich?! – Ich war erstaunt.

- Haben Sie mindestens ein übersetztes Buch oder einen Titel, der in einer anderen Bibliothek gefunden werden könnte?

- Es tut uns leid, aber wir haben keine. Täglich suchen Menschen nach Büchern über Autismus. Gestern kam ein Großvater, der einen Enkel mit Autismus hat, und wollte etwas darüber wissen, aber leider haben wir es nicht ... Entweder wurden sie nicht geschrieben oder sie wurden nicht übersetzt.

- Ich kann nicht glauben! Als ob Autismus in BIH mit meinem Fall begonnen hätte! Was haben Eltern früher gemacht? – Ich wollte Sie wissen lassen, dass ich selbst eine solche Erfahrung gemacht habe.

- Es tut uns wirklich leid, ich würde gerne helfen. Hinterlassen Sie Ihre Telefonnummer und ich rufe Sie an, wenn bald etwas ankommt ...

An diesem Tag zweifelte ich an ihrer Geschichte, aber ich merkte schnell, dass sie recht hatte: Niemand in unserer Region hat jemals ein Buch über Autismus geschrieben. Es schien, als schämten sich die Eltern für ihre eigenen Kinder und wollten nicht öffentlich über ihr Problem sprechen. Ich kannte nur sehr wenige, die offen darüber sprachen, bei anderen wusste ich nicht, ob sie sich schämten oder vor der Wahrheit davonliefen.

Einige Eltern lehnten die Diagnose ab, auch wenn ihre Kinder schwerere Symptome hatten als mein Sohn. Sie behaupteten, es sei kein Autismus, obwohl es mehr als offensichtlich war, während andere von einer Heilung durch den Kauf von Therapien, Nahrungsergänzungsmitteln und Medikamenten vollkommen überzeugt waren.

Mir war klar, dass Adan Fortschritte machte und sich entwickelte, aber nur im Rahmen von seinem Autismus. Da dachte ich nicht einmal an Heilung. Manchmal hasste ich mich dafür, Autismus als Möglichkeit akzeptiert zu haben, und manchmal dachte ich, Autismus sei Teil von Adans Persönlichkeit und ich könnte ihn nicht davon abbringen.

Eines Tages schickte mir die Mutter der Jungen, die gerade dem Verein beigetreten waren, eine E-Mail, in der etwas von „Indigo-Kindern" stand. Sie war überzeugt, dass sie ein „Indigo-Kind" hatte und kein autistisches. Ich habe ihrer Geschichte nicht viel Bedeutung beigemessen, da mir klar wurde, dass alle Eltern glauben wollen, dass ihr Kind übernatürliche Kräfte hat, nicht aber geistig behindert sind oder Autisten. Allerdings hat mich der Text angesprochen.

Ich begann zu recherchieren, da ich bedachte, dass es sich um eine sehr spezifische Störung handelte, die viel diskutiert wurde. Kaum ein Tag verging ohne einige sensationelle Schlagzeilen und Scherze, aber ich war überrascht, als ich feststellte, wie ähnlich das Phänomen dem Autismus ist. Die Beschreibung, die im Internet zu finden war, verband Kinder mit Autismus, ADHS und Asperger-Syndrom, also alle ihre Symptome: Neugier, Hyperaktivität, Ablehnung von Autoritäten, großes Interesse an Tieren, mangelnde Aufmerksamkeit, Unfähigkeit, Freunde zu finden, Überlegenheitsgefühl, asoziales Verhalten, Missachtung sozialer und familiärer Normen, Sturheit und Eigenwilligkeit, Unabhängigkeit, Gefühl einer größeren Aufgabe, die getan werden muss, Hingabe, Ablehnung von allem, was sie nicht ins Rampenlicht rückt, Angstlosigkeit, Anspruchslosigkeit, übertriebene Emotionalität, zu spät sprechen und oft das Wort verweigern ...

Das waren die Charaktereigenschaften, die „Indigo-Kinder" beschrieben, und bei fast allen fand ich Ähnlichkeiten mit meinem Sohn sowie mit anderen Müttern, mit denen ich Erfahrungen teilte. Irgendwann glaubte ich fast vollständig an die Behauptung, mein Sohn gehöre zu dieser Art von Kind, aber „Indigo" war eigentlich nur ein Phänomen. Dieser Begriff entstand in den Siebzigerjahren des 20. Jahrhunderts. Nancy Ann Tappe war eine Person, die glaubte, übernatürliche Kräfte zu haben und paranormale Dinge sehen zu können. Dank Synästhesie konnte sie die Aura neugeborener Kinder sehen, die von den „Lebensfarben" herrührte, die bis dahin blau waren (daher der Name „Indigo"). Sie behauptete, dass Kinder in letzter Zeit mit einer anderen Lebensaura geboren werden und dass sie eine fortgeschrittene Generation von Menschen darstellen.

Später wurde ihre Theorie von den amerikanischen Ehepartnern Jan Tober und Lee Carroll in dem Buch „The Indigo Children" weiterentwickelt und bestätigt, das von einer neuen Art von Kindern erzählt. Es wurde sehr populär und am Ende zum Bestseller in Amerika erklärt, es brachte dem erwähnten Ehepaar nicht nur Ruhm, sondern auch beträchtliche finanzielle Einkünfte. Später erklärte die amerikanische Psychiaterin Sarah W. Whedon, dass es aufgrund der offensichtlichen sozialen amerikanischen Krise der Kindheit zu einer zunehmenden Zahl von Kindesmissbrauch und Jugendkriminalität kommt. Sehr oft behaupten Eltern von Störungen wie ADS (Attention Deficit Disorder) und ADHS (Attention Deficit Hyperactivity Disorder), dass dies eine neue Generation von Kindern ist, die einige Superkräfte besitzen. Sie erklärte, dass Eltern dazu neigten, ihre Nachkommen sehr oft als „Indigo-Kinder" zu charakterisieren, um Anomalien und ihr seltsames Verhalten zu erklären. Schon ohne Studium war klar, dass mit der Entwicklung der Technik in den USA die Kommunikation zwischen den Menschen zusehends gestört wurde. Unter dem Einfluss von so viel Elektronik entwickelte die jugendliche Bevölkerung nicht genug Konversation, sodass es auch verschiedene asoziale Verhaltensweisen, Hyperaktivität und Aufmerksamkeitsstörungen gab, für die die Tručnjak-Leute nach neuen Namen suchten. Einige neue Studien haben gezeigt, dass fast jedes vierte Kind Schwierigkeiten bei der verbalen Kommunikation hat und dass dies ein immer häufigeres Phänomen ist.

Als ich der erwähnten Mutter mein Wissen und meine Meinung präsentierte, war sie fast wütend auf mich, weil ich nicht glaubte, dass sie ein Indigo-Kind hatte. Und ich suchte doch nur nach Logik in allem, weil ich glaubte, dass die Theorie über Indigo-Kinder richtig sein könnte, aber nicht in unseren Fällen. Eltern von Kindern mit Behinderungen lügen oft über die Fortschritte ihrer Kinder; einige von ihnen übertrieben wirklich die Tatsache, dass ihr Kind immer mehr wusste, prahlten mit dessen unglaublichen Fähigkeiten und betonten deren Talente stärker, als sie tatsächlich waren. Es gab Kinder, die sehr begabt waren. Ich habe Kinder mit Autismus getroffen, von denen ich nie gedacht hätte, dass sie im Spektrum sind; sie gehörten zum Asperger-Syndrom, das die fortgeschrittenste Form des Autismus ist und sich von anderen unterscheidet.

Ich habe in „The Time" folgende Aussage von der Mutter eines Indigo-Kindes gelesen: „Diese Kinder können sehr aufgeweckt und charmant sein, aber es ist unmöglich, mit ihnen zu leben. Sie denken in halsbrecherischer Geschwindigkeit an kreative und lustige Dinge. Während du versuchst, das Feuer zu löschen, fangen sie an, Kekse zu backen, sie sind bereits in der Badewanne und versuchen festzustellen, ob der Goldfisch im heißen Wasser überleben wird." Jeder, der ein hochfunktionales Kind mit Autismus hat, weiß, worum es geht: um diese Kombination aus Intelligenz, Hyperaktivität und Rücksichtslosigkeit. Dies war ein Verhalten, das ich teilweise bei Adan erkannte, aber vollständig nur bei einem Freund, der eine Tochter mit hochfunktionalem Autismus hatte und die wirklich erstaunlich war. Sie hatte eine voll entwickelte Sprache, und ihre Logik und Intelligenz konnten sogar erwachsenen Menschen zugeschrieben werden. Trotzdem blieb die Sozialisation bei voll entwickelter Sprache ein großes Problem.

Die Menschen um mich herum lebten ihr Leben und ich lebte fast 24 Stunden am Tag mit dem Autismus. Ich arbeitete mit meinem Sohn, las oder dachte über Autismus nach und verließ diesen Rahmen überhaupt nicht. Es war eine Zeit, in der verschiedene Terroranschläge auf der ganzen Welt stattfanden und auf allen Kanälen darüber gesprochen wurde.

- Wieso hast du nichts von diesem Angriff gehört?! Es war überall in den Nachrichten! Hast du die Flaggen gesehen, die jeder als Zeichen der Unterstützung auf Facebook setzt?

- Ich habe die Fahnen gesehen, aber ich wusste nicht, wozu sie da waren.

- Man muss sich ein bisschen umschauen, man kann nicht nur über ein Thema sprechen! Irgendwann muss man doch mal raus aus dem Autismus! – Alma war überrascht und konnte nicht glauben, dass ich nichts von den Neuigkeiten wusste, über die alle auf der Arbeit sprachen.

- Ich weiß, ich weiß nur nicht wie. Es ist seltsam für mich, dass jemand ein Leben ohne Autismus führt. Ich vergaß, dass es jemals ein Leben von mir vor ihm gab. Ich erinnere mich nicht einmal an mich selbst davor ...

- Manchmal muss man erkennen, dass man noch ein Leben außerhalb davon hat, egal was passiert.

- Vielleicht, wenn dieser Wettlauf gegen die Zeit endet. Ich fürchte, dass ich jetzt alles geben muss, denn jetzt lernt er am meisten. Später wird es zu spät sein, es wird keine Zeit mehr geben!

- Er wird immer lernen. Ich bin nicht damit einverstanden, dass seine Lernfähigkeit immer begrenzt sein wird - fügte Alma hinzu.

Ich glaubte an einen Wettlauf gegen die Zeit.

Ich nutzte jede freie Minute, um spazieren zu gehen, ins Kino, ins Schwimmbad.

Es war, als würde ich überhaupt nicht mehr für mich selbst gehen; ich konnte es nicht einmal genießen.

Ich habe nur Adan einen positiven Impuls gegeben.

Meine Stimmung hing völlig von seiner ab.

Seine Ergebnisse kamen nach und nach.

Die Fortschritte wurden von Tag zu Tag besser.

Ich dachte an seine unglaubliche Verbundenheit mit der Natur ... Früher schien es, als würde er alles in seiner Umgebung verstehen, außer Menschen. Er sah aus wie ein Wesen aus einer anderen Welt. Ich konnte anderen sein außergewöhnliches Gefühl für die Natur nicht erklären. Wenn er auch nur einem Insekt begegnete, wollte er nicht darauf treten. Er duckte sich und folgte ihm, wohin es ging. Er fütterte die Vögel auf dem Balkon, sodass sich unsere Tauben schnell daran gewöhnten.

Warum hatte er so scharfe natürliche Sinne, so einen guten Orientierungssinn in der Natur, so aufrichtige Hingabe und Freude an der Natur? Er freute sich aufrichtig auf Regen und Schnee. Während die anderen Kinder Schneebälle und Schneemänner bastelten, lag er einfach nur da und sah mit Freude zu, wie die Schneeflocken vom Himmel fielen. Das tat ich auch, weil es früher keine andere Möglichkeit gab, ihm nahe zu kommen. Ich habe viele unglaubliche Szenen in Phänomenen gesehen, die ich ohne ihn nie erlebt hätte. Selbst wenn ein heftiger Sommerregen begann, gingen alle zum nächsten Unterstand, aber nicht Adan. Er fing einfach an zu lachen und drehte sein Gesicht zum Himmel, breitete seine Arme aus und drehte sich im Kreis. Ich konnte ihn nicht aus dem Regen holen, zumindest nicht, bis er ganz nass war.

An jedem Fluss, an dem ich vorbeikam, blieb ich stundenlang stehen ... Er warf Kieselsteine ins Wasser, wartete auf das „Boom", wartete auf dieses erkennbare Geräusch, über das er immer wieder lachte. Er liebte die Birken, die am Fluss wuchsen, er liebte es, ihre Zweige zu schütteln, um die Blätter wie Glocken funkeln zu sehen.

Ich wusste, dass ich Tiere in sein Leben integrieren musste, aber ich hatte nicht die Voraussetzungen für ein Haustier. Und während ich darüber nachdachte, fragte mein Kollege die Partei:

- Sie haben einen Reitverein?

- Ja, das tue ich, es ist nicht weit von hier.

Er zeigte mit der Hand auf die rechte Seite und nannte den Namen des Clubs. Ich mischte mich bald in das Gespräch ein, erklärte, dass ich mich für therapeutisches Reiten interessierte, und fragte ihn, ob er etwas darüber wisse und ob sein Verein solche Dienste anbiete.

- Ich beschäftige mich nicht zufällig damit, es hat seine eigenen tieferen Gründe - erklärte er. Meine Tochter wurde im Krieg schwer verwundet. Sie wurde von mehreren Splittern in der Nähe ihrer Wirbelsäule getroffen und erlitt eine Verletzung am Bein. Sie war damals 12 Jahre alt und hatte große Schmerzen. Es gibt keinen Ort, an den wir sie nicht gebracht haben, und nichts, was wir nicht getan haben, damit sie sich besser fühlt. Mit Übungen und Operationen stellten wir ihre Gehfähigkeit wieder her, aber die Schmerzen verschwanden nicht.

Sie fand nirgendwo Ruhe. Bis zu dem Tag, an dem sie die Pferde traf. Wenn sie nicht angefangen hätte zu reiten, wäre sie wahrscheinlich vor Schmerzen verrückt geworden und wir auch. Pferde haben eine seltsame Kraft ... Sie haben meine Tochter gerettet ... Sie sind edle Tiere. Heute ist sie das aktivste Mitglied des Vereins, die beste Reiterin und mehrfache Landesmeisterin, und ich wurde Inhaber des Reitvereins. Davor war ich Journalist ... Meine Frau und ich haben das Haus in der Stadt verkauft, jetzt wohnen wir auf dem Anwesen, wo wir den Club betreiben. Jetzt bin ich selbst ein Bauer, der Pferde züchtet, und sie haben mein Leben verändert ...

Er hinterließ mir eine Visitenkarte und einen ziemlich starken Eindruck.

Ich wusste, dass Pferde die Lösung waren. Sie waren das, wonach ich damals gesucht habe.

Wenn Pferde wirklich Frieden geben können, dann brauchte Adan sie. Und in der Tat: Die Pferde weckten Adan.

Er liebte sie vom ersten Tag an und hatte keine Angst, selbst als er sie zum ersten Mal traf.

Als er zum ersten Mal ein Pferd bestieg, verstand er keinen Befehl, den die Trainer von ihm verlangten. Nach mehreren Monaten Therapie beherrschte er jedes Kommando, setzte seinen Helm selbst auf und bereitete sich aufs Reiten vor. Neben den Pferden sah er aus wie ein „normales" Kind, denn er sprach ohne Probleme mit ihnen. Manchmal trug er einen Ball zu einem Pferd ... Er sprach Worte, ganze Sätze ... Ich hatte seine Worte schon vor langer Zeit gehört, aber Sätze waren noch selten. Er ging auf das sechste Lebensjahr zu und konnte jetzt einen einfachen Satz sagen, höchstens drei oder vier Wörter. Ich liebte es, wenn er sprach, ich liebte es ihm zuzuhören, aber er sprach selten.

Sprechen

Sprache sollte immer das ultimative Ziel für Eltern eines autistischen Kindes sein.

Adans Rede kam langsam und mit viel Mühe.

Anfangs mit viel Echolalie, aber von Tag zu Tag kamen mehr bedeutungsvolle Worte.

Es hat auch unsere Beziehung und das Leben selbst in großem Maße verändert.

Das erste Wort, das Sinn machte und als Wort bezeichnet werden konnte, wurde in Adans viertem Sommer geschaffen. Es war ein kurzer Satz: „Nein, meiner." Nach ihm fanden andere Wörter heraus, sie kamen spontan nacheinander, aber meistens waren sie alle kurz. Jedes neue Wort brauchte Zeit. Es würde lange dauern, bis er lernte, es auszusprechen, meistens mithilfe von Bildern.

Als ich Adans erste Worte hörte, dachte ich, dass wir alle Probleme überwunden hätten oder auf dem Weg waren, sie zu überwinden. Ich wurde von dem Gedanken geleitet, dass er tausend Worte sagen könnte, wenn er nur eines sagte. Obwohl er sprach, war er auch „nonverbal". Aber als er sprach, beneideten mich meine anderen Eltern. Ihre Kinder gingen mit ihm zur Therapie, sagten aber immer noch kein Wort.

- Ich beneide dich wirklich, also redet dein Sohn! Wenn meiner nur auch sprechen würde, und wenn auch nur ein Wort ...

- Ich weiß, das dachte ich mir auch, aber das Sprechen verändert nur die Art, zu trainieren. Es ist immer noch viel Arbeit, es gibt immer noch keine Kommunikation, zumindest nicht so, wie man es sich erhofft ...

- Was meinen Sie?

- Das Kind weiß immer noch nicht, wie es Sprache in der Kommunikation verwenden soll. Er lernt es gerade. Worte und Sprache sind nicht dasselbe.

- Lernt er nicht schneller, wenn man mit ihm spricht?
- Es kommt fast auf den gleichen Punkt ... Sprache ist schwer zu gebrauchen. Er muss lernen, damit umzugehen, aber selbst mit eingeschränkter Sprache ist das Leben unvergleichlich einfacher.

Den Eltern von völlig nonverbalen Kindern war keineswegs klar, dass das Sprechen dysfunktional sein konnte, denn das Sprechen war für uns alle das ultimative Ziel der Therapie, aber nur diejenigen von uns, die dieses Geschenk erhielten, verstanden, dass es nur ein Neuanfang war. Adans Rede war für mich zugleich der größte Erfolg und der größte Misserfolg, der größte Lohn und die größte Strafe. Aber nicht, weil ich nicht glücklich darüber war, dass er endlich sprach, sondern weil ich eine falsche Vorstellung von dieser kommunikation hatte. Ich dachte, er würde sprechen, wenn er die ersten Worte beherrschte, aber als das Sprechen kam, wurde mir das Wichtigste klar: Sprechen bedeutete nicht Kommunikation.

Ich ermutigte andere Eltern, durchzuhalten und an ihrer Sprache zu arbeiten. Ich habe ihnen gesagt, dass es ihre Kommunikation total erleichtern würde, und habe mich gleichzeitig tagelang gefragt, wie etwas so kompliziert, vertrackt und unverständlich sein kann? Ich habe immer wieder von Kindern gelesen, die Fortschritte machen oder so weit fortgeschritten sind, dass sie die Kommunikation so weit entwickelt haben, dass sie normal mit anderen kommunizieren können, aber das war wirklich nur in Büchern oder im Fernsehen. Die Kinder, die ich traf, waren immer noch stumm oder kämpften damit wie mein Sohn.

Ich kannte einen Jungen aus Adans Kindergarten, der völlig nonverbal war, aber durch Gebärdenkommunikation „sprach" er viel besser mit seiner Mutter als Adan, der ein verbales Kind war, mit mir. Er wusste, wie man fast alle Ereignisse im Kindergarten zeigt und „zeichnet", und ich konnte nur aus den Teilen der Lieder, die Adan sang, als er aus dem Kindergarten nach Hause kam, erraten, was er sagen wollte.

Er wiederholte mit Echolalie meine Fragen und das sah zum Beispiel so aus:

- Was machst du?
- Was machst du?
- Wie war es in der Schule?
- Wie war es in der Schule!
- Was ist in deinem Glas?
- Was ist in deinem Glas!

Er wiederholte meine Frage in fast demselben Ton und derselben Intensität. Die Kommunikation verlief nie in die andere Richtung. Ich musste ihm wieder beibringen, Fragen zu beantworten, das heißt, Sprache für Gespräche zu verwenden. Dann wusste er, wie man die meisten Gegenstände benennt – Obst, Gemüse, Farben, Zahlen. Er wusste fast alles in seiner Umgebung zu benennen. Wir haben diese Position monatelang nicht verlassen. Er kannte weder seinen Namen noch sein Alter. Was mich am meisten störte, war, dass er nicht zwischen „Ich will nicht" und „Ich will" unterschied. Wir haben viel gelernt, aber das war das Schwierigste.

In Zusammenarbeit mit seiner Erzieherin haben wir ein weiteres großes Problem identifiziert, das bei Kindern mit Autismus oft anzutreffen ist – das Vergessen.

- Haben Sie bemerkt, dass er vergesslich ist?
- Ja, wir haben es bemerkt. Wir haben festgestellt, dass er Dinge vergisst, wenn er sie längere Zeit nicht wiederholt.
- Ist das typisch für Autismus?
- Das ist natürlich typisch für Kinder mit Autismus. Sie vergessen immer wieder und deshalb frischen wir die Skills immer wieder auf. Nur so können wir das Gelernte speichern.

Es sah aus wie ein Labyrinth ohne Ausweg.

Die Lehrer arbeiteten ständig an der täglichen Entwicklung der Kommunikation und bestanden darauf, dass er nichts bekam, nach dem er schon fragen konnte, damit er langsam merkte, dass er mit seiner Rede etwas bekommen oder erbitten konnte. Wenn ihm etwas gezeigt wurde, das er gerne aß, griff er wortlos danach, obwohl er wusste, wie man fragt. Wenn ich ihm sein Lieblingsessen wegräumte oder mich weigerte, es ihm zu geben, wusste er ganz genau, wie man die richtigen Worte findet!

- Gib mir einen Keks!

Und dann:

- Gib mir bitte einen Keks!

Zuerst fühlte es sich wie Folter an, als Adan sich bemühte, das Wort überhaupt herauszubringen, aber er gewöhnte sich daran.

Bald konnte er ohne Schwierigkeiten Wörter aufreihen und aussprechen.

Ich sagte es ihm und zeigte ihm, was die Aufforderung „Socken anziehen" bedeutete. Zuerst sah er verwirrt aus, aber später, mit nur wenigen Korrekturen, wusste er, was zu tun war. Dies begann sich auf alle anderen Handlungen auszudehnen, auf alle täglichen Aufgaben, Lebensaufgaben und schulischen Aufgaben. Adans Sprech- und Sprachverständnis verbesserte sich von Tag zu Tag. Das erleichterte uns die Kommunikation, die nicht mehr nur visuell sein musste. Ich konnte ihm viel erklären, indem ich nur sprach.

Sein Verhalten verwirrte mich immer wieder und ich fragte mich immer noch, was wirklich in seinem Kopf vorging. Wie er die Welt um sich herum tatsächlich sah, erlebte.

Er sprach mit ausgestopften Tieren, nahm sie mit zum Zähneputzen, zum Essen, deckte sie zur Schlafenszeit zu, las ihnen Geschichten vor, wie ich sie ihm vorlas. Ich konnte nicht herausfinden, ob er es tat, weil er die gleichen Gewohnheiten hatte, oder ob er dachte, die Tiere seien echt.

- Was ist ungewöhnlich an einem Kind, das mit Spielzeug spielt? Du siehst das Schlechte in allem! Zuerst hast du dich beschwert, dass er nicht spielt, jetzt beschwerst du dich, dass er spielt - sagte meine Schwester Refika.

- Aber ich möchte, dass er mit Menschen spricht und mit echten Kindern zusammen ist, nicht mit ausgestopften Tieren! Es ist nicht normal, dass Stofftiere seine Freunde sind!

- Die Leute haben sowieso nichts zu sagen, er kann eben besser mit Tieren umgehen ...

- Wie? Wie kannst du das sagen? Wer redet noch mit Stofftieren? Ich war verzweifelt.

Die Krankenschwester konnte den Kern meines Problems nicht verstehen.

Sie genoss es, ihm zu helfen, seine ausgestopften Freunde zu platzieren, während ich mich fragte, was sie für ihn waren – Freunde, Spielzeug, Tiere oder echte Wesen?

Alleine

Ich beobachtete den nahe gelegenen Spielplatz vom Fenster aus.

Ich hasste diese Aussicht und diesen Park.

Wieso denn?

Nun, weil ich dachte, dass Adan vielleicht doch nicht mit den Kindern aus der Nachbarschaft Basketball spielen würde.

Der Gedanke brachte mich um – und die Angst auch.

Wie oft habe ich mit meinem Mann durch dieses Fenster geschaut, als wir hierher gezogen sind ...

Wir glaubten, dass es uns dort gut gehen würde. Wir hofften, dass bald der Tag kommen würde, an dem unsere Kinder in diesem Park spielen könnten, und es für uns ausreichen würde, einfach durch das Fenster zu schauen und zu sehen, was sie taten und ob sie in Schwierigkeiten waren.

Wohin hat uns das Leben geführt?

Hätte mir damals jemand erklären können, dass ich diesen Park mit unbeschreiblicher Sehnsucht betrachten würde, dass ich Angst vor dem Aufwachsen meines Sohnes haben würde? Dieses Aufwachen – sollte ich mich nicht vielmehr darauf freuen?

Ich habe viele Träume aufgegeben, aber bei diesem habe ich es immer noch nicht getan und werde es niemals tun!

Adan wuchs in einer Umgebung voller Kinder auf, aber er war immer noch allein. Die Kinder konnten ihn nicht erreichen. Er war fast sechs Jahre alt, aber er hatte keinen einzigen Freund.

Die Sozialisierung entwickelte sich nicht, obwohl sie sich verbesserte.

Er war an der Arbeit von drei Kindergärten beteiligt, ich nahm ihn mit auf verschiedene Spielplätze, ich hatte immer Freunde, die Kinder in seinem Alter hatten, er war fast nirgendwo und nie ohne die Gesellschaft seiner Altersgenossen – schließlich hatte er zwei Schwestern, mit denen er aufwuchs. Aber er spielte nicht mit ihnen.

Es gab viele Klassen, in denen er spielen wollte. Gelegentlich fand er jemand anderen im Park, er nahm die Einladung zum Spielen an, aber es war schwierig für ihn zu verstehen, was bei diesem Spiel eigentlich von ihm verlangt wurde. Er lief gerne den anderen Kindern nach, wenn sie gejagt wurden oder sich versteckten, aber er verstand nichts von „Verstecken" und wusste nicht, warum er sich verstecken musste. Beim ersten Befehl oder einer Aufforderung hielt er einfach an, zog sich in seine eigene Welt zurück und rannte vor ihnen davon. Dann würde er zu dem stereotypen Spiel zurückkehren, das nur für ihn Sinn machte.

Seine Sozialisierung hörte dort auf, wo die Kommunikation hätte beginnen sollen.

Kinder in seinem Alter konnten seinen Mangel nicht verstehen; sie konnten nicht einmal verstehen, dass es Kinder gibt, die nicht sprechen. Wenn sie ihn ansprachen, sagten sie ihm zweimal freundlich und geduldig, was sie wollten, und beim dritten Mal fingen sie an zu schreien, weil sie dachten, er könne sie nicht hören. Er zuckte sofort mit den Schultern, fing an, Schritte rückwärts zu machen und rannte einfach davon . Wenn die Kinder ihm nachliefen, rannte er davon und versteckte sich hinter meinem Rücken. Ich war seine Zuflucht vor der komplizierten Welt.

Mein Herz brach wegen all diesen Versuchen seines Spiels, denn diese Verbindung zwischen zwei verschiedenen Welten hätte langsam und mit viel professioneller Unterstützung aufgebaut werden sollen.

Adan wollte nicht in der harten Schale des Autismus stecken, aber er wusste nicht, wie er da rauskommen sollte.

Ich glaubte, dass das Heranwachsen eine Veränderung bringen würde, aber ich bin mir nicht sicher, ob ich mich damit trösten oder täuschen wollte. Wenn er sich nicht mit ihnen verbinden kann, kommen die anderen Kinder vielleicht zu ihm? Ältere Kinder werden mehr Verständnis für seine Schwierigkeiten haben, weil ein Zehnjähriger verstehen kann, dass jemand „anders" funktioniert, während ein Fünfjähriger dafür keinen Sinn hat.

Kleineren Kindern ist nicht klar, warum er sie ablehnt. Sie denken, er macht es, weil er sie nicht mag, doch tatsächlich geschieht es deshalb, weil er das Spiel nicht versteht.

Ich hatte die Gelegenheit, es zu sehen, weil meine Tochter eine inklusive Klasse besuchte und Emir, ein Junge mit Autismus, mit ihr auf der Selben Schule war. Ihr Lehrer war ein ausgezeichneter pädagogischer Mitarbeiter mit umfassender Erfahrung im Bereich Inklusion allgemein und der Inklusion von Kindern mit Schwierigkeiten im Bildungssystem. Er unterrichtete die ganze Klasse über Autismus und machte den Kindern bewusst, dass sie einen anderen Zugang zu anderen haben müssen. Er verstand, dass es nicht möglich ist, Autismus an andere anzupassen, sondern dass sich andere an Autismus anpassen müssen.

Es war nicht einfach, dreißig Kinder an ein Kind anzupassen, die ganze Klasse an seine ungewöhnlichen Gewohnheiten heranzuführen, ständig darauf hinzuweisen, dass er während des Unterrichts herumlaufen kann, während die anderen es nicht können. Deshalb war Inklusion harte Arbeit und die meisten Pädagogen wollten nicht mit Kindern mit Schwierigkeiten arbeiten. Vielen war nicht klar, dass sich autistische Kinder in großen Gruppen noch einsamer fühlen.

Wie kann man allein sein, wenn so viele Menschen um einen herum im Raum sind?

Wie kann jemand jahrelang zum Unterricht gehen, ohne einen einzigen Freund zu haben?

Sozialisierung war schon immer ein großes Problem in allen Bereichen des Autismus, vielleicht das größte Problem überhaupt. Es wurde „Alleine in deiner Welt" genannt. Es ist eines der Sprichwörter, das Autismus am besten beschreibt, denn Kinder mit Autismus können neben dir sitzen und gleichzeitig meilenweit entfernt sein, so weit weg, dass du sie nicht anrufen kannst. Trotzdem wurde die Inklusion besser, professionelle Hilfe in allen Bereichen nahm zu, die Brücke wurde größer und sicherer für alle Kinder mit Schwierigkeiten, auch für meinen Sohn. Er trat langsam und schüchtern in unsere Welt herein, verband sich besser mit mir, dann mit seiner Schwester und schließlich mit der Umgebung.

(...)

Ja, es ist extrem schwierig, mit Autismus zu leben, mit einem unberechenbaren Kind, bei dem man nicht einmal erahnen kann, was es in der nächsten Sekunde zu tun bereit ist, mit einem Kind, das nicht weiß, dass es gefährlich ist, wenn ein Auto heranfährt, mit einem Kind, das aus jeder Höhe herunterspringen würde, mit einem Kind, das nicht länger als ein paar Minuten oder ein paar Sekunden auf irgendetwas konzentriert bleibt.

Besonders schwierig ist es, wenn man ein Geschwisterkind eines solchen Kindes ist.

Deshalb sagt man, dass alle Familienmitglieder Autismus haben.

Sie können ein autistisches Kind jemandem anvertrauen, der weiß, wie man sich um es kümmert und der es gut kennt.

Sie können ein autistisches Kind niemals jemandem überlassen, der sich um es kümmert.

Sie haben immer Angst vor Tod oder Krankheit, aber nicht, weil Sie von Ihrem Kind getrennt würden, sondern weil Sie sich Sorgen machen, ob jemand außer Ihnen weiß, wie man sich richtig um es kümmert.

Wird noch jemand wissen, dass es nicht gerne etwas isst, das nicht rund ist?

Säfte nicht trinkt, wenn sie nicht dunkel sind?

Dass er nicht gerne in völliger Dunkelheit schläft?

Dass man die Waggons der Spielzeugeisenbahn nicht voneinander abkoppeln darf?

Dass Sie keine anderen Laken auf die Bettdecke legen dürfen oder das falsche Kissen hinlegen könnten?

Der Autismus steckt voller Regeln, die nicht gebrochen werden dürfen.

Als ich ihn einmal der Obhut meiner Schwester überlassen hatte, rief sie mich zwanzigmal an und sagte, sie wisse nicht, ob sie bis zum Ende meiner Arbeitszeit durchhalten würde. Sie geriet in Panik, weil sie ihn den ganzen Tag nicht füttern konnte. Als ich von der Arbeit zurückkam, standen fünf Arten von Essen auf dem Tisch – alles, was er isst, alles, was ich ihr am Telefon erklärt habe, aber er wollte immer noch nicht essen. Ich ließ die Tasche stehen, wusch mir die Hände, stellte ihn an den Platz, an dem er gewohnt war zu sitzen, drehte die Teller und das Tablett wie immer und er fing sofort an zu essen. Meine Schwester sah mich versteinert an, als hätte ich gezaubert.

- Hier gibt es keine Magie, Refika, es ist Autismus.

- Ich kann nicht glauben, dass das der einzige Grund ist, warum er nichts essen wollte ...

Ich lachte sie aus und schließlich atmeten wir an diesem Tag alle erleichtert auf.

Was wäre gewesen, wenn ich an diesem Tag nicht hätte kommen können?

Was wäre gewesen, wenn ich verhindert gewesen wäre?

Wie würde man ihn ernähren?

Nach langem Nachdenken kam ich auf die Idee, ein Tagebuch über alle Details und Besonderheiten meines Sohnes zu führen. Dann erinnerte ich mich an Adans Schwester, die alles wusste, was ich wusste, und manchmal sogar noch besser.

- Warum hast du deiner Tante nicht geholfen, Adan zu füttern?

- Sie hat mich nicht gefragt, Mama, sie hätte mich fragen sollen!

Das Aufwachsen mit ihm hat ihr Leben zu einem großen Teil geprägt. Sie konnte nicht im Park spielen, weil wir Adan jagen mussten; sie konnte keine Rollschuhe fahren, sie konnte kein Fahrrad fahren ... Sie war gezwungen, schnell zu lernen und sich nicht zu sehr auf mich zu verlassen. Als ein Junge mit Autismus bei ihr in den Unterricht kam, war sie die Erste, die mit ihm die Schule betrat und seine Hand hielt.

- Mama, warum laufen die Kinder vor Emir weg?

- Wahrscheinlich, weil ihre Eltern es ihnen gesagt haben. Keine Sorge, sie werden bald sehen, dass sie nicht besser sind als er.

- Er ist anders, aber ich habe ihnen gesagt, dass es nicht schlimm ist. Sie fürchten ihn ...

- Sie haben Angst, weil sie es nicht wissen, aber bald werden sie ihn genauso akzeptieren wie dich ...

Die meisten Eltern, mit denen ich Kontakt hatte, hatten ein autistisches Kind, und sie hatte sich längst an ihre autistischen Kinder gewöhnt. Sie erlebten es als etwas völlig Normales. Ich war besorgt, wie alle Eltern, die neben solchen mit Schwierigkeiten auch ganz normale Kinder haben ... Sie waren nicht die Ursache dieser Probleme, es war nichts, was man wählen oder vermeiden konnte, und wer kann das am Ende beurteilen?

Der Primitivismus der Umwelt war schlimmer als jede geistige Schwierigkeit, besonders der Primitivismus derer, die verurteilten, was sie nicht (genug) kannten. Menschen sind grausame Kreaturen, weil sie leicht urteilen und schwer lernen. Niemand konnte diese Einstellung ändern. Ich habe es ein paarmal versucht, aber es hat nicht funktioniert. Ich konnte ihre Einstellung nicht ändern, aber ich konnte auch meine über sie ändern.

Ich wollte nicht, dass meine Tochter ein autistisches Kind bekommt, aber ich wollte auch nicht, dass sie deswegen aufgibt, eine große Familie haben zu wollen. Das ist und darf kein Grund sein, der dem entgegensteht. Wenn ich tausendmal gefragt würde, ob ich Adan zur Welt bringen würde, würde ich tausendmal wiederholen, dass er trotz allem mein größter Erfolg ist. Er war die Energie, die mich antrieb.

Ich wurde ständig mit Fragen konfrontiert, ob Adan seiner Schwester das Leben schwer machte. Ich habe mich auch gegen solche Fragen gewehrt und mit der Zeit auch den Willen verloren, sie zu beantworten.

- Wie erträgt sie, dass ihr Bruder Autismus hat? Wie geht sie damit um? - fragte mich der Direktor der Schule, die sie besuchte.

- Sie denkt, dass Autismus etwas Normales ist. Wir haben meistens Kontakt zu anderen Familien mit autistischen Kindern und sie sieht darin nichts Ungewöhnliches ...

- Wie hast du ihr das erklärt?

- Das habe ich nicht. Es gibt verschiedene Kinder. Es ist okay, anders zu sein.

- Sieht sie nicht, dass ihr Bruder anders ist?

- Ja, sie sieht es, aber sie sieht ihren Bruder, nicht seinen Autismus.

Wünsche

„An diesem Tag sind wir am Novobeograd-Park vorbeigekommen, zwischen Gebäuden, die sich alle ähneln. Eine Gruppe verspielter Kinder mit umarmenden, schreienden Stimmen flog auf unseren Weg. Nikola blieb wie begraben stehen, senkte den Kopf und machte den Gesichtsausdruck eines Kindes, das sich für etwas schämt. Ihre Schreie störten ihn nicht. Nein, ich konnte deutlich sehen, dass es ihm peinlich war. Ich umarme ihn wie einen Partner und führe ihn hindurch und sage ihm: ‚Weißt du, du hast keinen Grund, deinen Kopf vor irgendjemandem zu neigen. Du bist in allem weit und uns allen voraus! Weißt du, wie viele dieser Kinder einen Tag aushalten könnten, ohne zu sprechen, ohne zu schlafen, ohne zu spielen, wenn sie ständig in Bewegung wären und von wer weiß was gejagt würden? Ein Tag ist auch zu viel, eine Stunde könnten sie nicht so leben, wie du dein ganzes Leben lebst! Nun, lass mich zugeben, dass nicht einmal meine Mutter das konnte, und du weißt, dass ich fast alles kann.' Er hörte zu. Vielleicht war er erleichtert. Vielleicht? Weil ich das selten weiß, wie es ihm geht?"

Nikolina Crnogorac

Stellen Sie sich vor, Sie befinden sich plötzlich in einer Situation, in der alle mit Ihnen in einer Sprache sprechen, die Sie nicht verstehen ... Wo Sie sich nur auf visuelle Bewegungen konzentrieren können ... Stellen Sie sich vor, Sie könnten „wichtige" Informationen nicht von „irrelevanten" trennen, gute Absichten von schlechten nicht unterscheiden oder eine gewöhnliche von einer gefährlichen Situation ... Stellen Sie sich vor, dass alles, was Sie hören, sehen und fühlen, in Details steckt, die Sie nicht zu einem Ganzen verbinden können ... Dass Sie alle Geräusche, Lichter, Farben und Bewegungen auf einmal aufnehmen, ohne große Sequenz ... Dass man ständig „peripheres" Sehen einsetzt und direkten Blickkontakt vermeiden muss ... Stellen Sie sich vor, die Welt verwirrt Sie, belastet Sie, sie ist unberechenbar, Sie sind ständig angespannt und wachsam, sodass Ihr Nervensystem starken Belastungen nicht standhalten kann ... Stellen Sie sich vor, Sie verstehen Emotionen nicht, können nicht darauf reagieren, Sie können nicht verstehen, dass jemand traurig ist ... Stellen Sie sich vor, Sie erkennen nicht einmal, wenn ihre Liebsten ihre Frisur ändern, einen Hut aufsetzen oder ihre Brille abnehmen ... Dass Sie Hunger nicht erkennen können, dass Essen Übelkeit auslöst, auch wenn es für andere serviert wird und nicht für Sie ... Stellen Sie sich vor, dass Sie keine gesellschaftlichen Regeln und Verhaltensweisen in der Öffentlichkeit nachvollziehen können, dass Sie ständig vor dem wertenden Blick anderer stehen, einem Blick voller Verachtung, Verurteilung und Ablehnung ...

Ich war hin und her gerissen zwischen der Suche nach der richtigen Therapie, der richtigen Arbeitsweise und dem Geld, das nie ausreichte, bis hin zu den privaten Problemen, die in dieser Zeit auftauchten, und Adans Verhalten, das für mich in dieser Zeit am schwierigsten war. Ich habe mich gefragt, warum er sich so verhält ...

Ich hatte das Leben in ständiger Bewegung satt und genauso die Situationen, in denen all die normalen Dinge fast über Nacht einfach anormal wurden.

Oft bemitleidete ich mich selbst und mein Schicksal, ohne darüber nachzudenken, was mich zu diesem unmöglichen Verhalten veranlasste. Ein Gespräch mit meiner Freundin Jasmina hat mich am meisten zum Nachdenken angeregt. Wir kannten uns von der High School, und sie ging aufgrund einer Kombination von Umständen nach Libyen, um dort zu leben und zu arbeiten. Wir haben uns fast ein Jahrzehnt nicht gesehen. Wir trafen uns plötzlich und setzten uns auf einen Kaffee zusammen.

Es war viel Zeit vergangen und wir wussten nicht viel voneinander. Sie redete mehr, weil sie über eine neue Welt sprach, und ich hörte ihr mit Begeisterung zu.

- Mein größtes Problem war meine Sprache. Ich ging dorthin, ohne ein Wort Arabisch zu können. Am Anfang war es schrecklich ... Ich kam mit niemandem klar. Zum Glück hatte ich wenigsten eine Kollegin aus Kroatien, der unsere Sprache sprach. Wenigstens konnte ich mit ihr reden, fast hätte ich das Reden vergessen. Zum Glück konnte auch sie kein Arabisch, also musste sie mit mir reden, auch wenn sie nicht wollte - sagte sie lachend.

- Es gab zu viele lustige Situationen in dieser Zeit – von der Kommunikation mit Händen und Füßen über den Kauf einer Menge unnötiger Dinge bis hin zur Unmöglichkeit, Freundschaften und Beziehungen zu schließen ... Was ist los mit dir? Wie geht es euch den Kindern? Ich habe gesehen, dass du sowohl einen Jungen als auch ein Mädchen hast, genauso, wie du es immer wolltest ...

Ich nickte und meine Augen füllten sich sofort mit Tränen.

Ich wurde von Emotionen mitgerissen. Ich wollte etwas sagen, aber ich hielt inne.

- Ja, mein Wunsch wurde wahr ...

- Aber du bist traurig ... Ist alles in Ordnung mit dir und deiner Ehe?

Ich brachte die Kraft auf, Autismus zu erwähnen, ihr zu sagen, dass er einen Schatten auf meine (un-)erfüllten Wünsche warf, dass er Traurigkeit in das perfekte Leben und die perfekte Familie brachte, auf die ich gehofft hatte, aber ich wusste nicht, ob sie überhaupt wusste, was Autismus war. Konnte sie überhaupt verstehen, was er durmachen musste?

- Ich bin nur müde. Ich bin müde von all der Verantwortung rund um Arbeit, Haushalt und kleine Kinder. Ich komme fast nicht zur Ruhe ...

- Ich weiß, es ist nicht einfach mit Kindern ... Ich habe sie noch nicht, aber je älter ich werde, desto weniger möchte ich sie haben! – Sie brach in Gelächter aus.

- Ich dachte, dein Mann macht dir Sorgen, sodass wir ihn verprügeln sollten.

Ich lachte über ihre Witze, aber tief im Inneren war ich abwesend.

Es war nicht das Lachen, mit dem ich vor 15 Jahren gelacht habe, es war nicht das Lachen, mit dem Jasna jetzt lachte.

Ich biss mir auf die Zunge, um diesen Tag und dieses unerwartete Treffen zu ertragen und es nicht zu verderben.

Ich wäre noch trauriger gewesen, wenn ich es damals ausgesprochen hätte , dann ich hätte gedacht, ich würde mich über mein eigenes Kind beschweren oder sagen, dass ich wegen ihm unglücklich bin.

Am Ende verabschiedete ich mich von ihr mit dem üblichen Versprechen, das wir allen geben, die weit weg wohnen oder arbeiten: dass wir in Kontakt bleiben und öfter miteinander telefonieren werden.

Ich ging von diesem Sommergarten zum Haus, ging den Weg entlang und ging an Passanten vorbei.

Meine Gedanken schweiften immer wieder zurück zu dem Gespräch mit Jasmina.

Es war schwierig für sie in einem fremden Land, in einer Umgebung, in der sie die Sprache nicht beherrschte, in einer Umgebung, in der sie sich nicht verständigen konnte ...

Aber wie geht es Adan denn?

Ihm kam die Welt vor, als wäre er auf einen anderen Planeten gekommen, wo er die Sprache, Bewegungen oder die ganzen Menschen nicht versteht. Er war eigentlich der größte Kämpfer, nicht ich.

Ich habe nie darüber nachgedacht, was er in seinem Körper durchmachte und wie es für ihn war. Ich dachte nur darüber nach, wie es mir ging und wie ich es regeln würde, und ich vergaß seinen Schmerz und seinen Kampf. Er war ein Fremder in einem anderen Land, ein Fremder mit einem überempfindlichen Nervensystem, ein Fremder, der kaum einen Moment ohne mich auskommen konnte, ein Fremder, für den ich in diesem Land oder auf diesem Planeten ein Führer war.

Das sollte ich nie vergessen!

Autismus ist zuallererst ihm passiert, nicht mir.

Es war die Einsicht, mit der wir alle hätten klarkommen mussten, als Eltern, Therapeuten und Menschen.

Unsere Verpflichtung war es nur, sie zu verstehen und zu lieben, auch wenn es schwer ist, wenn es keinen Sinn macht, wenn wir sehen, dass sie die Sprache nicht lernen können, auch wenn es zu lange dauert, wenn wir körperliche Schmerzen verspüren.

Weil sie im Autismus leben.

Einem Autismus, der sie gewählt hat, nicht umgekehrt.

Die Ursache

Victor tauchte 1799 in den Wäldern von Aveyron in der Nähe der französischen Stadt Rodez auf.

Er wurde im Alter von 11 Jahren völlig nackt und vernachlässigt gefunden.

Als er erschien, erregte er großes öffentliches Interesse.

Wegen seines spezifischen Verhaltens wurde er der „wilde Junge von Aveyron" genannt.

Viktor sprach nicht, war aggressiv und konnte sich nicht verständigen.

Er unterschied nicht zwischen heiß und kalt und zeigte und erkannte keine Emotionen.

Experten und Ärzte glaubten, dass dieses Verhalten ein Spiegelbild der Vernachlässigung und des Lebens war, das der Junge bis zu diesem Zeitpunkt gelebt hatte. Sie glaubten, dass der Junge mit der Arbeit schnell Lebenskompetenzen lernen und Kontakte knüpfen würde, aber selbst nach stundenlanger Arbeit konnten sie ihn nicht erreichen und sein Verhalten ändern.

Sie erklärten ihn für geistig zurückgeblieben und verloren das Interesse an ihm.

Professor Jean Marie Gaspard Itard nahm ihn in sein Haus auf und gab die Idee nicht auf, dass er dem Jungen das Sprechen beibringen könnte. Obwohl er nicht in der Lage war, mit dem Jungen zu einer funktionierenden Sprache zu kommen, brachte er ihm grundlegende Lebenskompetenzen bei. Es gelang ihm jedoch nicht, den Jungen zu sozialisieren.

Viktor starb im Alter von 40 Jahren.

Autismus wurde erstmals 1943 offiziell beschrieben.

Er wurde von Dr. Leo Kenrr beschrieben, der an zehn Kindern aus allen Gesellschaftsschichten forschte, Kindern, die keine körperlichen Schwierigkeiten hatten, aber seltsame Verhaltensweisen zeigten.

Er war der erste Arzt, der den Unterschied zwischen kindlicher Schizophrenie und geistiger Behinderung und einem Zustand, der Autismus entspricht, bemerkte. Kenrr war der erste Arzt, der die Symptome, die auf Autismus hindeuten, detailliert beschrieb, und einer der ersten Ärzte, der sich mit seinen Ursachen befasste. Er stellte die berühmte Theorie auf, wonach „Autismus durch kalte Mütter verursacht wird", die später als unbegründet zurückgewiesen wurde.

Das Wort Autismus leitet sich vom griechischen Wort „autos" (ich oder ich selbst) ab, das der Schweizer Psychiater Euger Bievler verwendete, um die Kinderschizophrenie zu beschreiben, also einen Zustand, bei dem sich Kinder zurückziehen. Später wurde dieser Begriff von Kenrr übernommen, der als Erster infantilen Autismus diagnostizierte.

Die erste Autismus-Diagnose tauchte 1970 in Krankenakten auf, und die erste diagnostizierte Person war Donald Gray Triplett, geboren 1933.

Die Ursache von Autismus ist noch unbekannt.

Autismus ist noch nicht heilbar.

Es ist bekannt, dass Therapien wie ABA-Methode, Floor-Time oder Soon-Rise-Programm bei der Behandlung der Symptome von Autismus helfen, aber es gibt noch sehr wenige wissenschaftlich anerkannte Methoden. Es wird ständig darüber gesprochen, dass verschiedene glutenfreie Diäten oder Nahrungsergänzungsmittel die Symptome verbessern, aber die Wissenschaft behauptet, dass dies nur alternative Methoden sind.

Schlagzeilen wie „Vater holte seinen Sohn mit Pferdetherapie aus Autismus", „Mutter schlug Autismus mit Tropfen", „Kleines Mädchen besiegte Autismus mithilfe eines Hundes" tauchten täglich im Internet auf … Anfangs habe ich mich wie alle Eltern wie ein Ertrinkender an solche Schlagzeilen geklammert. Ich war weit davon entfernt, pessimistisch zu sein, was die Heilmittel für Autismus angeht, aber die Tatsache, dass es ein Heilmittel für Autismus gibt, wurde nicht in solchen Schlagzeilen versteckt, sie haben Eltern eigentlich nur vom rechten Weg abgebracht – dem Kampf mit der schweren Störung.

Experten behaupteten, dass eine frühzeitige Diagnose durch Ermutigung und Stimulation viel bewirken kann, dass also verhindert werden kann, dass ein Kind Autismus bekommt, selbst wenn es eine Veranlagung dafür hat. Aber auch bei Kindern, die bereits Autismus ausgebildet haben, kann an einer Verbesserung des Allgemeinzustandes gearbeitet werden. Eine Heilung ist jedoch unwahrscheinlich.

Geheilter Autismus repräsentiert tatsächlich Fälle mit früher oder falscher Diagnose. Autismus ist sehr spezifisch und es ist sehr schwierig, ihn bei jüngeren Kindern genau zu diagnostizieren, insbesondere in unserer Region, wo Kinderärzte nicht genügend Erfahrung haben. Bei uns wird die Diagnose erst im vierten oder fünften Lebensjahr gestellt, obwohl Autismus schon früher auftritt und bei Kindern meistens bis zum fünften Lebensjahr vollstänig auftritt. Während man in Amerika versucht, Kinder so früh wie möglich zu diagnostizieren, erfolgt die Diagnose in unserem Land viel später, auch wenn dies zum Nachteil des Kindes ist.

Kinderärzte erkennen Autismus zunächst nicht oder nehmen die Symptome nicht ernst.

Sie überzeugen die Eltern, dass die Manifestation der Störung nichts Schlimmes ist, dass sie das Problem übertreiben, und in diesem Moment sind die Eltern mit einer solchen „Diagnose" zufrieden. Aber alles bricht zusammen, wenn Verhaltensprobleme offensichtlich werden und weder Eltern noch Experten sie mehr leugnen können. Es gibt zwei Arten von Autismus: diejenige, die bei einem Baby sofort bei der Geburt erkannt wird, welches dann keinen Augenkontakt hat, keine laute von sich gibt , keine Interesse an andere, kein Interesse an Spielzeug, Gesten und Zeigen von Emotionen zeigt, und Autismus, der um das das Alter von zwei Jahren herum zum ersten Mal auftritt.

- Als ich Tara zur Welt brachte, hatte ich Angst vor ihr und ihrem Aussehen. Ein Blick, den es nicht gab. Ich wusste sofort, dass etwas nicht stimmte, dass etwas passierte. Andere rieten mir davon ab, es zu glauben, aber ich werde ihren Blick nie vergessen. Ja, ich wusste sofort, dass etwas nicht stimmte - sagte Vesna aus Belgrad, Mutter von zwei Mädchen.

- Meine Geschichte ist ganz anders. Ich hatte ein Kind, das normal war, das heißt, er hat sich bis zum Alter von zwei Jahren normal entwickelt. Irgendwo hörte es auf ... Als wäre es verschwunden, als wäre es jetzt ein anderes Kind ...

- Ich weiß, ich habe von solchen Fällen gehört. Aber bei uns ist es schon bei der Geburt passiert ...

- Denken Sie darüber nach, was die Ursache sein könnte? - fragte ich sie.

- Ich fürchte, es war Stress, weil ich während der Schwangerschaft sehr unter Druck stand. Ich ging durch eine Scheidung und es hat mich sehr beeinflusst. Ich weiß, dass es eine andere Form von Autismus gibt, die sich um den achtzehnten Monat herum entwickelt. Hat er die MMR-Impfung erhalten? Glaubst du diese Geschichte, dass der Impfstoff der Auslöser von Autismus ist? - hat Vesna mich gefragt.

- Ich weiß nicht. Mein Sohn hatte Zittern, er war neurotisch ... Er hätte damals keine bekommen sollen, riet mir der Kinderarzt. Ich habe darauf bestanden, aber ich habe nicht im Heft nachgesehen, wann genau er die MMR bekommen hat ...

- Während der Schwangerschaft oder danach kann so viel schiefgehen ... Wer weiß, was passiert ist ... Vielleicht waren dafür wir bestimmt, wie ein „Unglücksfall"?

Ich fand es gut, dass die Regression ungefähr im Alter von zwei Jahren stattfand, weil ich glaubte, dass die schwersten Fälle diejenigen sind, die mit Autismus geboren wurden, und nicht diejenigen, bei denen etwas schiefgelaufen ist.

Wie kann jemand mit Autismus geboren werden und jemand anderes bekommt es erst im zweiten Jahr?

Wenn ich mir über irgendetwas sicher war, dann darüber, dass mein Kind bis zum Alter von zwei Jahren völlig „normal" war. Adan hatte keine Entwicklungsverzögerungen, nicht einmal in der Sprache. Aber es passierte etwas. Darin lag keine Logik, obwohl Experten behaupten, dass es ein Symptom bei der Geburt gewesen sein muss. Ich aber behauptete wie viele Eltern, dass alles in Ordnung sei.

Es wurde ständig über den Zusammenhang zwischen Autismus und der MMR-Impfung gesprochen.

Bis dahin hatte ich nicht einmal nachgesehen, wann wir sie tatsächlich empfangen hatten. Ich sah mir seine Krankenakte an. Sie fiel mir aus der Hand, ich zitterte und weinte zum x-ten Mal, aber nicht, weil die MMR-Impfung mit der Rückbildung meines Sohnes zusammenfiel. Ich weinte, weil ich nicht wusste, WER verantwortlich war? Wem soll ich die Schuld geben für das, was passiert war? Der Genetik? Dem Stress? Dem Impfstoff? Der Gelbsucht bei der Geburt? Dem Tremor? Oder noch einmal den Leuten, die uns helfen sollten? Sollte ich mir Vorwürfe machen? War ich schuld am Autismus meines Sohnes?

Habe ich das Kind in einem kritischen Teil der Entwicklung vernachlässigt? Oder habe ich allen anderen Problemen Vorrang gegeben? Habe ich mich ihm nicht genug gewidmet? Habe ich nicht mit ihm genug gesprochen? Ihn zu wenig gestreichelt, ihm nicht das Brabbeln beigebracht? Hätte ich mehr über alles wissen sollen?

Ich konnte alles und jeden für den Autismus meines Sohnes verantwortlich machen! Alles und niemand!

Aber selbst wenn ich den Schuldigen hatte finden können, Adan hätte immer noch Autismus und das würde mir nicht helfen.

Je mehr ich über Autismus las und recherchierte, desto mehr schien es mir, dass er in den letzten Jahren auf dem Vormarsch war. Laut einigen amerikanischen Studien nahm Autismus seit der ersten Diagnose fast fünf Jahrzehnte lang nicht signifikant zu und begann sich ab 2002 zu einer echten Epidemie zu entwickeln:

2002: 1 von 250

2004: 1 von 166

2007: 1 von 150

2009: 1 von 110

2012: 1 von 58

(Man ging davon aus, dass diese Zahl bis 2050 bei 1:2 liegen könnte, d. h. jedes dritte Kind könnte eine solche Diagnose bekommen.)

Die Genauigkeit der Daten ist natürlich fraglich, aber eines war sicher, und das spiegelten die Worte von Dr. Boyd Haley wider: „Genetik kann keine Epidemie verursachen. Genetische Anfälligkeit kann es, aber es muss ein Toxin geben, das sie beeinflusst. Genetische Störungen waren und sind selten."

Dies war jedoch etwas anderes.

Er behauptete, dass die Genetik unmöglich eine solche Zunahme von Autismus verursachen könne.

Er behauptete, dass die Ursache existiert und dass sie chemischer Natur ist, in keiner Weise biologisch.

Es gibt eine Ursache!

Es gibt eine Ursache für Autismus, das ist sicher ... Ob es sich um Impfstoffe, Medikamente, Plastik oder Genetik handelt – es gibt viele Vermutungen und es wird sie geben, bis sich die Wissenschaft endlich selbst erklärt.

Ich habe Angst, dass unsere Geschichte bis dahin vorbei sein wird, dass ich bis dahin einen erwachsenen Mann mit Autismus zum Sohn haben werde und es zu spät sein wird, etwas an ihm zu ändern.

Ich werde mich an Autismus gewöhnen, damit leben, aber ich hoffe, dass andere es nicht tun müssen.

Nachricht

- Adan, sei vorsichtig, wirf keine Steine, du wirst das kleine Mädchen treffen!
- Nein, macht nichts, lass ihn werfen, sie sind winzig! - antwortete eine jüngere Mutter. – Lass ihn einfach Spaß haben ... Wie alt ist er?
- Sechs. Und sie? – Ich zeigte auf das kleine Mädchen, das auf ihrem Schoß saß.
- Sie ist erst 16 Monate alt.
- Was ist ihr Name?
- Ayla.
- Schöner Name. Du hast nur sie?
- Ja, es ist mein erstes Kind!

Sie umarmte das kleine Mädchen vorsichtig, so wie man das erste Kind umarmt. Das kleine Mädchen klammerte sich an sie.

Mir war nicht nach Gesprächen zumute, aber es war früher Sonntagmorgen, wir waren allein im Park, und ich fuhr fort:

- Erstes Kind – erste Freude – erste Pflege – alles zum ersten Mal! – Ich lachte ironisch: Bei dem zweiten Kind ist alles anders!
- Ja, du hast recht, als ob du wüsstest, dass ich besorgt war. – Sie war unsicher, sie wusste nicht, ob sie mir genau das anvertrauen konnte, was sie mir zu sagen hatte, also versuchte ich, es ihr leichter zu machen, um sie wissen zu lassen, dass ich ihr helfen würde, wenn ich konnte:
- Was macht dir Sorgen? Vielleicht kann ich dir helfen, aber du musst nichts sagen, wenn du es nicht willst ...
- Wir sollten den Impfstoff bald erhalten, deshalb bin ich im Stress ... Ich fürchte, ich lese alle möglichen Dinge im Internet, also fürchte ich mich ...
- Wovor hast du Angst? – Der ganze Park drehte sich sofort um mich herum.

Ich kannte ihre Antwort, aber ich wollte sie trotzdem hören.

- Ich habe den Leuten im Wartezimmer zugehört, ich habe in Foren gelesen, überall wurde über Impfungen diskutiert und es gab immer mehr Menschen, die kategorisch gegen Impfungen waren, aber ich wusste immer noch nicht, wo ich hingehörte.

- Ich habe vor allem Angst ... Jetzt sagen sie alle möglichen Dinge über diese Impfstoffe ... Ich habe Angst, dass etwas kompliziert wird, hoffe, dass sie keinen Autismus bekommt - sagte sie in einem Atemzug.

Ich verstummte. Als Mutter eines Kindes mit Autismus wusste ich nicht, wie ich diese Frage beantworten sollte. Ich wünschte, jemand könnte mir die gleiche Frage beantworten. Ich war mir nicht sicher, ob ich die Impfung dafür verantwortlich machen konnte, aber ich war mir sicher, dass sie noch mehr Angst bekommen würde, wenn ich ihr sagen würde, dass mein Kind Autismus hatte. Ich wollte sie damit nicht erschrecken.

- Keine Sorge, Autismus bekommt man nicht so leicht, das kommt nicht so oft vor, wie man sagt.

- Es passiert natürlich, es passiert jeden Tag - antwortete sie mir panisch.

- Kennen Sie jemanden, dem das passiert ist?

- Ich weiß. Gestern war ich bei einer Freundin, deren Sohn Autismus bekam. Sie ist verzweifelt. Der Kleine ist zwei Jahre alt, jetzt hat er einen Bruder, sie hat gerade ein Kind bekommen und vor ein paar Monaten von der Diagnose erfahren. Sie weint nur, sie hat wegen des Babys nicht genug Zeit, um mit ihm zu arbeiten. Sehr schwierige Lage.

- Und wohin bringt sie ihn?

Sie erwähnte den Verein, zu dem mein Sohn auch ging. Sie erklärte mir, dass die Ankunft des neuen Babys ihr alles schwer machte, dass sich ihre Freundin ihr anvertraute und dass sie in dieser Zeit niemals ein weiteres Kind zur Welt gebracht hätte, wenn sie von der Diagnose des ersten gewusst hätte. Sie erklärte, dass sie jetzt in einer ausweglosen Situation sei, dass sie viel Geld für eine Therapie brauche und jetzt nicht arbeiten könne. Es werde jeden Tag schwieriger.

- Es ist eine aktuelle Situation, Sie wird sich daran gewöhnen ... In der ersten Zeit wird es wirklich schwierig sein. – Ich habe nur gesprochen, um etwas zu sagen, und mein Magen schmerzte wegen einer Frau, die ich nicht einmal kannte.

- Ich war nur eine Stunde bei ihr und seitdem komme ich nicht zur Besinnung. Sie behauptet, dass der Impfstoff alles verursacht hat ...

- Hat sie wirklich eine Diagnose? Das muss nicht heißen, dass er Autist ist, er ist erst zwei Jahre alt ...

- Ja, es ist Autismus, sie haben es in der Klinik bestätigt ...

- Siehst du meinen Sohn? Den auf der Wippe? Mit dieser umgedrehten grünen Kappe?

- Ja, ich sehe ihn, er war vor einer Weile hier ... Ich sehe ihn, er ist wunderschön ...

- Er hat Autismus.

- Dein Sohn? Dein Sohn hat Autismus?

- Ja, das stimmt, er ist mein Sohn und er hat Autismus.

- Ich wusste nicht, ich würde das niemals sagen ... Es tut mir leid, bitte. An ihm ist nichts zu sehen ... Vielleicht habe ich dich erschreckt, es tut mir noch einmal leid! – Sie wurde rot und fing an, vor mir zurückzuweichen, als wollte sie sofort weglaufen.

- Wofür entschuldigst du dich? Du hast nichts Beleidigendes gesagt. Du hast Angst vor Autismus. Wir alle fürchten ihn. Ich wünschte, ich wüsste auch mehr über ihn.

- Ich würde überhaupt nicht darüber sprechen ... Dein Sohn spielt eine halbe Stunde im Park ... Ich würde nie sagen, dass er ein Problem hat ... Ich habe ihn gehört, er spricht!

- Deshalb habe ich es dir gezeigt, das heißt wegen deines Freundes, damit du sehen kannst, dass es nicht so schlimm ist, wie die Leute sagen und denken ... Ein Kind mit Autismus zu haben, bedeutet nicht das Schlimmste auf der Welt. Es bedeutet nur, dass man ein kleines Kind hat, das anders denkt ...

- Schau, er ist jetzt sechs Jahre alt, ich genieße es, meinen Sohn wachsen zu sehen!

- Ich hatte keine Gelegenheit, ein älteres Kind mit Autismus zu sehen.

Der Junge von meiner Freundin ist noch klein, aber auch seine Motorik ist schwach, er kann kaum laufen ...

- Er wird eines Tages großartig sein. Sie braucht Zeit, um Autismus, Zeit und Arbeit kennenzulernen. Es sieht alles nicht ganz so schwarz aus, vertrau mir.

Sie war überrascht von meiner Geschichte und meinem Optimismus.

- Ich bin froh, dich kennengelernt zu haben. Ich werde sie anrufen und ihr erzählen, worüber wir gesprochen haben. Spricht dein Sohn?

- Ja, aber nicht zu viel. Autismus ist nicht immer „auf den ersten Blick" sichtbar, das Erkennen dauert lange.

- Ich rufe sie an, um ihr das alles zu sagen. Sie ist neu dabei und denkt das Schlimmste darüber. Sie ist so verzweifelt, dass ich glaube, sie wird verrückt.

- Vielleicht ist es am besten, ihr meine Nummer zu geben? Sie wird mir mehr vertrauen, wenn sie meine Geschichte hört ... Lass sie mich anrufen ... Ich weiß, was ich ihr sagen soll - schlug ich vor und freute mich, dass ich dieser Mutter wenigstens ein wenig helfen konnte.

Wir unterhielten uns einige Zeit. Ich versuchte ihr das Wesen von Autismus zu erklären, und sie behielt Adan beim Spielen im Park im Auge. Ich dachte später an diesem Tag darüber nach, was ich dieser Mutter sagen würde, wenn sie mich anrief ... Ist es einfach? – Es ist nicht einfach. Ob es besser wird? – Sowohl besser als auch nicht. Ob sie die Wahl hätte – sie hatte keine, aber ich wusste, dass ich ihr nichts sagen würde, was sie demoralisieren oder erschrecken würde. Heißt das, ich soll sie anlügen? Oder soll ich ihr die Wahrheit sagen? Die Wahrheit ist immer die beste Antwort auf alles. Ich wusste, dass ich im Gespräch vorsichtig sein musste, besonders mit jemandem, der zum ersten Mal mit Autismus in Berührung kam.

Sie rief erst abends an. Sie hatte eine dünne, zitternde Stimme. Sie war sowohl erschüttert als auch verängstigt. Sie interessierte sich für alles – wie es meinem Kind ging, ob es selbstständig war, ob ich Zeit für mein Leben hatte ... Sie war sich noch nicht bewusst, was eine solche Diagnose mit sich bringt. Zuerst schien es mir, dass ich ihr nicht viel beibringen konnte, weil ich selbst nicht alle Folgen von Autismus kannte, aber ich erzählte ihr trotzdem, was ich gelernt hatte. Dass sie sich keine Sorgen machen sollte. Dass sich mit der Zeit und langsam alles einpendele. Dieser Fortschritt ist langsam, aber sicher. Dass man einfach mehr Kraft und Glauben braucht. Autismus brachte mir schlimme, aber auch viele gute Veränderungen. Dass ich wegen ihm anfing, über das Leben nachzudenken und dass ich nichts mehr für selbstverständlich hielt. Ich gab zu, dass ich zwar familiäre und freundschaftliche Bindungen verloren hatte, aber ich hatte mehr Freizeit für mich und meine Kinder bekommen, ich hatte neue Freunde gefunden, deren Freundschaft ehrlich war. Dass ich nicht „bestraft" oder unglücklich bin, weil ich so ein Kind habe. Dass ich meinen Sohn unendlich liebe und dass sein Autismus das nie geändert oder infrage gestellt hat. Dass ich glaubte, dass ich nicht zufällig ausgewählt wurde, die Mutter eines solchen Kindes zu sein. Dass es nicht einfach ist, mit Autismus zu leben, jedoch nicht bedeutet, dass man damit nicht wirklich glücklich werden kann. Dass sie wahrscheinlich auf Widerstand oder Missverständnisse stoßen würde, aber dass sie weitermachen und an alle Türen der Reihe nach anklopfen sollte, bis sich eine öffnen und sie dahinter finden würde, was sie suchte. Dass die meisten Menschen Autismus und unseren Lebensweg nicht kennen und verstehen können, dies jedoch nicht bedeutet, dass wir nicht das Recht haben, ihn zu leben. Dass wir uns freuen, leben und stolz auf unsere Kinder sein sollten, egal wie andere es sehen. Es liegt an uns, sie so zu lieben, wie sie sind, und wir müssen anderen nicht erklären, warum das so ist. Das Wichtigste sei, dass sie wisse und nie vergesse, dass ihr Kind nur eine Kindheit hat, die schnell vergeht, und dass sie zwischen Untersuchungen, Therapie und all den Verpflichtungen, die Autismus mit sich bringt, diese Liebe, die Geduld, das Verständnis und ein großes Maß an Toleranz nicht vergessen darf. Viel kuscheln ist das Rezept für die Erziehung eines gesunden, intelligenten und glücklichen Kindes. Egal ob mit Autismus oder ohne.

Der See

Es brauchte viel Geduld, ohne die man ein solches Leben nicht führen könnte.

Gegenüber ausbleibenden Angehörigen, die Unterstützung versprachen, aber nicht leisteten, war Geduld gefragt.

Geduld brauchte es auch für ein nicht verständnisvolles Umfeld, für Hunderte von verschiedenen Sozial-, Gesundheits- und Berufstherapeuten, denen ich (nicht) zustimmen musste.

Es brauchte Geduld für ein System, das keine ausreichende Unterstützung bot, in dem sich selbst hoch Gebildete wie in einem Labyrinth verirrten und vor dem letzten Hindernis aufgaben.

Es brauchte Geduld für die Tage, an denen Sie Ihr Bestes versucht haben und trotzdem nichts nach Plan lief.

Es brauchte Geduld zu kämpfen, zu hoffen und an das Beste zu glauben, und das in einem Land, das noch seine Kriegswunden heilt.

Es brauchte Geduld, um geduldig zu sein.

Denn wenn Sie ein Kind mit Autismus haben, können Sie sich oft einsam fühlen.

Wenn Sie ein Kind mit Autismus haben, ist auch dieses wahrscheinlich einsam.

Sie müssen immer danach streben, dies zu ändern und sich mit anderen Menschen zu verbinden, die Kinder mit Autismus haben. Sie müssen in einem Verein aktiv werden. Sie müssen mit anderen Leuten in Kontakt treten, weil Sie sich vielleicht gegenseitig brauchen.

Zuerst bin ich vor allen Eltern davongelaufen, die Kinder mit Autismus haben.

Ich sagte mir, dass das, „was" ihnen passiert ist, unter keinen Umständen meinem Kind passieren würde.

Aber das sagen alle Eltern. Sie trösten sich damit, ahnen aber nicht, dass sie sogar recht haben, denn kein autistisches Kind ist wie das andere.

Es gibt Kinder mit ausgeprägter Hyperaktivität, Kinder wie summende Bienen, die nichts an Ort und Stelle hält, und es gibt andere, verschlossene, die stundenlang an einem Ort sitzen und auf ein und denselben Punkt schauen können. Die ersteren Eltern ärgern sich, weil sie unterwegs sein müssen, die zweiten, weil sie das Kind nicht „aufwecken" können. Die Wahrheit aber war, dass wir alle unter den Eigenheiten unserer Kinder gelitten haben. Vor allem Müdigkeit, Angst und Sorge waren auf den Gesichtern aller Eltern zu sehen. Ich habe versucht, alle nützlichen Informationen über die Rechte und die soziale Unterstützung für autistische Kinder zu teilen. Einige freuten sich über neue Informationen, andere wollten nicht darüber sprechen.

Außer denen aus dem „Spektrum" hatte ich kaum Freunde. Es sah so aus, als wären alle anderen aus meinem Leben verschwunden. Ich fragte mich, ob es vielleicht daran lag, dass sie nicht helfen konnten oder wollten? Daran, dass sie Angst vor Autismus hatten? Aber mit der Zeit verblasste ihr Verschwinden und ich dachte immer weniger darüber nach. Es gab Tage, an denen ich den Autismus wirklich hasste, aber ich akzeptierte ihn trotzdem, weil mein Sohn darin feststeckte.

Ich war beunruhigt von den Kennzeichen des Autismus, mit denen ich lebte. Die Leute um mich herum wussten, dass Adan Autismus hatte, aber sie konnten nicht verstehen, wie das alles auf komplizierte Weise funktionierte ... Mein Gang zum Lebensmittelgeschäft war wie ein Raubzug, meine Spaziergänge wie ein Lauf, ich konnte mich nie hinsetzen, um Kaffee zu trinken, ich konnte es nicht ertragen und mit anderen Leuten reden, konnte auch nicht Schlange stehen. Autismus war wie ein Jagdhund, er wollte auf niemanden oder irgendetwas warten.

Niemand konnte die Komplexität eines solchen Lebens ausreichend verstehen, außer denen, die ähnlich wie wir lebten. Einige hatten die Unterstützung ihrer Ehemänner oder Eltern, andere fast keine. Autismus wurde je nach Schweregrad an die Familien angepasst.

Einige gingen bis zum Äußersten und wegen Autismus distanzierten sich alle ihre nahen Verwandten von ihnen, sogar die engsten, weil sie ihr eigenes Problem nicht akzeptieren konnten, als ob alle anderen schuld daran wären. Ungeachtet der Unterstützung und Hilfe, die sie von ihren Familien erhielten, mussten die Betroffenen mit ihren Gefühlen alleine fertig werden.

In Ehen wurde die Liebe aufgrund der Macht der Probleme ausgelöscht. Es gelang nur einzelnen Personen, sie aufrechtzuerhalten. Menschen zogen weg oder kamen näher, aber in jeder Familie musste noch jemand die Ärmel hochkrempeln und sich um Therapien, Medikamente, Abreisen und Ankünfte kümmern ... Die endlose Bürokratie, die immer wieder aufs Neue bewältigt werden musste, wirkte ermüdend. Es gab zu viele Stresssituationen bei der Arbeit durch ständiges Ausgehen. Die Szenarien waren fast ähnlich – entweder sah man zerrüttete Ehen oder Alleinerziehende oder eine schwierige finanzielle Situation. Ich habe gelesen, dass besondere Bedürfnisse manchmal mit Armut verglichen werden, aber die Gesellschaft hat Sie dazu gemacht, nicht Sie selbst sind verantwortlich.

Autismus ist weder das Ende der Welt noch das Schlimmste, was jemandem passieren kann. Aber im Moment der Diagnose brauchen Eltern systemische Unterstützung – psychologisch, finanziell und physisch. Es gibt fast niemanden, der helfen kann. Von dem Moment an, wenn die Diagnose gestellt wird, sind die Eltern sich selbst überlassen, und ihr Leben scheint in einen Wirbelsturm geraten zu sein.

Adans Autismus hat mich nicht isoliert; er hat mich mit vielen guten Leuten verbunden. Es gab verschiedene Profile und Berufe. Es gab fast keinen Bereich, aus dem nicht jemand kam und neue Informationen brachte. Bald konnte ich jeden von ihnen anrufen, wenn ich etwas brauchte. Ich traf Leute, die in Belgrad, Zagreb, Split, Deutschland, Amerika lebten; ich habe überall auf der Welt Menschen getroffen, die ich ohne Adans Autismus nie getroffen hätte. Sie haben wirklich verstanden, mit ihnen konnte ich die Traurigkeit halbieren und die Freude verdoppeln.

Wenn jemand „Autismus" zu mir gesagt hätte, bevor ich damit konfrontiert wurde, hätte dieses Wort für mich ein großes Nichts bedeutet. Ich hatte noch nie von ihm gehört. Bis mich der Neuropädiater der Klinik zum ersten Mal darauf ansprach. Vielleicht hatte ich es schon einmal gehört, vielleicht hatte ich einen Film über ihn gesehen, aber das, was der Autismus in mein Leben gebracht hat, hätte ich mir nicht einmal in meinen wildesten Träumen erträumen können.

Ich habe versucht, die Menschen um mich herum nicht dafür zu verurteilen, dass sie Autismus nicht verstehen und nicht sehen. Ich habe versucht, nicht jeden Kommentar mit Bitterkeit zu akzeptieren, was manchmal gemein sein konnte.

Kinder mit Autismus sehen aus wie ihre Altersgenossen.

Sie sind oft von außergewöhnlicher körperlicher Schönheit, begleitet von einem ungewöhnlich blassen Teint.

Als er aufwuchs, schlug Adan irgendwann fast jedes vorbeikommende Kind und es gab zu viele Kommentare. Ich konnte es nicht ertragen. Ich hatte zwei Möglichkeiten – entweder mich im Haus einzuschließen und nicht unter die Leute zu gehen oder die Art und Weise zu ändern, wie ich diese Situationen betrachtete.

Ich fand mich bald auf dem psychiatrischen Stuhl meiner Ärztin wieder.

- Freundlichkeit bedeutet andere zu respektieren, Freundlichkeit heißt nicht andere zu verspotten. Freundlichkeit bedeutet anderen zu helfen, aber Freundlichkeit gibt es nicht mehr - lachte sie.

- Ich hatte Angst, dass es kein wirkliches Problem war. Sie sehen toll aus, besser als ich. Mir scheint, ich brauche Sie zur Beratung. Ich bin dieser Tage zu müde! – Sie war wie immer zu einem Scherz aufgelegt.

- Ich weiß, es sieht harmlos aus, aber es ist eine Quelle enormen Stresses für mich. Ich weiß nicht, wie ich damit umgehen soll. – Ich meinte es ernst.

- Wer sagt, dass Sie kämpfen müssen?

- Was sollte ich dann tun?

- Nur sich klar machen, dass es nicht an Ihnen liegt. Nur verstehen, dass man das Verhalten anderer nicht beeinflussen kann. Menschen, die Ihnen oder Ihrem Sohn gegenüber keine Toleranz zeigen, haben diese Haltung in sich und es hat nichts mit Ihnen zu tun. Wenn jemand wütend ist, wird er immer wütend sein. Wenn jemand lächelt, wird er immer lächeln. Wenn jemand ohne Verständnis ist, wird er immer so sein. Er kümmert sich nicht um Ihre Gefühle, sondern um seine eigenen. Er beschäftigt sich nicht mit Ihnen, sondern mit sich selbst. Eigentlich einfach – oder nicht?

- Ich weiß, aber trotzdem tun mir diese Kommentare weh. Jemand kann mich körperlich angreifen.

- Wir haben alle Freundlichkeit in der Schule gelernt, aber wir haben vergessen, sie im Leben anzuwenden. Vor ein paar Tagen sprach jemand im Fernsehen über Kinder mit Autismus und nannte sie „Seen", in denen sich Menschen, also Menschenseelen, spiegeln. Nur Menschen ohne jegliche Menschlichkeit können zu solchen Kindern gemein sein. Wer solche Kinder nicht versteht, ist ihr Leid oder ihre Emotionen nicht wert! – Sie wurde immer wütender auf mich.

Ich kam nach Hause und dachte über alles nach, was sie mir erzählt hatte.

Ich versuchte es „herauszufinden" und erkannte bald, dass sie recht hatte.

Nicht alle Kommentare waren gemein. Sie waren gespalten, so wie Menschen gespalten waren.

Ich begann mich von ihrer Einstellung leiten zu lassen, und bald akzeptierte ich Adan als einen wunderbaren „Kompass", auf dessen Grundlage ich Menschen einschätzte.

Autisten waren wirklich ein See!

Ein reiner See voller aufrichtiger Liebe. Sie waren bereit, sie mit anderen zu teilen. Jedem wurde eine aufrichtige Umarmung und ein Lächeln geschenkt, egal ob jemand ein guter oder ein schlechter Mensch war. Sie hatten keine Vorurteile gegen irgendjemanden und irgendetwas. Adan war ein fröhliches, sorgloses und verspieltes Kind, das viele Dinge auf seltsame Weise tat. Aus ihm floss nur eine Liebe, die man auf den ersten Blick nicht sehen konnte, für die man Hände und Herz öffnen musste, um sie zu erfahren.

Alle, die ihn betreuten und mit ihm arbeiteten, waren anfangs skeptisch oder hatten Berührungsängste gegenüber der autistischen Welt. Dieselben Leute liebten Adan nach einer Weile bedingungslos und erzählten mir später von seiner Besonderheit.

Adan hat nicht nur mir beigebracht, dass es nicht beängstigend ist, „anders" zu sein.

Das hat er vielen Menschen beigebracht.

Er lehrte es jeden, der ihm jemals in seinem Leben begegnet ist.

Mein Leben

Ich sprach mit der Mutter eines erwachsenen autistischen Sohnes. Er war 26 Jahre alt und litt an einer schweren Form von Autismus. Sie strahlte eine unerklärliche, uralte Schönheit aus, von der nur noch eine feine Spur übrig war. Müdigkeit und Traurigkeit zeichnen sich seit Langem in ihrem Gesicht ab. Es war offensichtlich, dass ihre Gesundheit ernsthaft beeinträchtigt war.

Ich habe ihr aufmerksam zugehört, weil ich wusste, dass ihre Erfahrung mir viel beibringen kann. Ihr Sohn war (selbst-)aggressiv, hatte Narben am ganzen Körper und blieb auch im Erwachsenenalter fast nonverbal. Sie verbarg ihre Müdigkeit, Sorge oder Angst nicht, die sich darum drehten, was später einmal mit ihrem Sohn passieren würde.

Er war schon lange nicht mehr zur Schule gegangen, er war kaum in irgendetwas involviert und sie kümmerte sich ständig um ihn. Sie verließ ihn nur gelegentlich, um einkaufen zu gehen. Manchmal nahm sie ihn mit in die Kindertagesstätte, um abzuhängen und den Tagesablauf zu ändern, aber er mochte auch keine Kindertagesstätten und wollte dort nicht ohne sie sein. Es genügte sie anzusehen und mir wurde klar, dass sie sich und ihrem Leben komplett entsagt hatte. Ich starrte sie atemlos an und fragte mich, ob ich mein eigenes Spiegelbild betrachtete?

Ich wurde blass und Esma erkannte meine Angst und Furcht. Sie sagte mir, so etwas wie ihr würde mir nicht passieren. Sie tröstete mich mit den Worten, dass ich keinen Sohn wie ihren haben würde. Adan war mit fünf funktionaler als ihr Sohn mit sechsundzwanzig, aber dieses Wissen tat mir überhaupt nicht weh. Es schmerzte wegen ihr, wegen ihres Sohnes und vieler anderer, die ein solches Schicksal teilten, wegen uns allen, die jemals dem Autismus direkt begegnet sind.

Sie beschwerte sich über ein System, das einem solchen Kind keine Chancen biete.

Als er die Sonderschule beendet hatte, arbeitete niemand mehr mit ihm. Er wurde für dauerhaft arbeitsunfähig erklärt, mit einem minimalen Einkommen, das nicht einmal seine Grundbedürfnisse abdeckte, geschweige denn ihre. Sie musste sich um ihn kümmern, weil er nicht selbstständig war.

Ich wusste, in was für einem System wir leben, weil ich es kennengelernt habe, als ich nach Unterstützung für Adan gesucht habe. Es war ein System, in dem niemand zurechtkam, ein System, in dem die Eltern von Kindern mit Entwicklungsschwierigkeiten nicht kompetent sein konnten, ein System, das versuchte, die Eltern mit Handschellen zu fesseln, nachdem zuvor das Leben es schon getan hatte.

Eltern mussten sich um erwachsene Kinder kümmern, die längst keine Kinder mehr waren. Sie waren nicht in der Lage zu arbeiten und waren gezwungen, von minimalen Sozialleistungen zu leben oder ihre Kinder aufzugeben und sie in speziellen Einrichtungen unterzubringen. Sie waren zwischen zwei Übeln hin und her gerissen, und sie hätten das kleinere wählen sollen. Eltern erlitten das Unmögliche für ihre Kinder, sie waren zu stolz, um sich über das Leben mit solchen Kindern zu beklagen, sie liebten sie zu sehr, um sie aufzugeben.

- Die Zeit vergeht schnell, die Kerzen auf dem Kuchen wechseln jedes Jahr, Jahr für Jahr, und im Handumdrehen steht statt eines kleinen ein großes Kind neben dir - sagte Esma.

Ich nickte, um deutlich zu machen, dass ich verstand, was sie mir sagen wollte.

Mir war klar: Mit zunehmendem Alter wuchs das Gewicht des Lebens.

Eltern werden schwächer, Kinder werden stärker und die Herausforderung wird jedes Jahr größer.

- Besonders das mit dem Transport ... Sie sind wirklich unhöflich! – Esma seufzte tief, voller Verachtung und Wut.

- Was ist mit dem Transport?

- Seit er das Bildungssystem verlassen hat, glauben sie, dass er keinen Transport braucht. Deshalb bekommen wir auch keinen Monatsgutschein, mit dem er den ganzen Tag fahren könnte. Ich habe meinen, aber er nicht! Deshalb kaufe ich ihm eine Fahrkarte, aber manchmal steigt er an jeder zweiten Haltestelle aus, schaut sich um, steigt dann wieder in die Straßenbahn ... Und wer würde heute so viele Fahrkarten kaufen? Wenn wir wieder in die Straßenbahn einsteigen, fragen uns die Kontrolleure nach einem Ticket und es lohnt sich nicht, es ihnen zu erklären ... Manche lassen uns rein, manche nicht! Manchmal streiten die Kontrolleure mit mir und es regt ihn auf und er wird aggressiv ...

Ich schluckte die Knödel, mein Hals war trocken.

- Es gibt alle Arten von Menschen. Sie verstehen nicht, dass er erwachsen ist und ich seine Zeit ausfüllen muss. Er wendet sich nur an mich. Er kann nicht mit seinen Freunden oder Kollegen in ein Café gehen … Alles, was er hat, ist diese Fahrt durch die Stadt - fuhr sie fort.

- Ich verstehe dich. Ich habe das gleiche Problem. Ich muss einen Tag für einen Sechsjährigen erfüllen und planen. Ich kann mir vorstellen, wie viel Energie es für einen erwachsenen Mann braucht. Es muss viel schwerer sein ...

- Dann ist es am schwierigsten ... Es ist einfach, während ich in den Park und in die Klassenzimmer gehen kann ... Erst später wird es schwierig!

- Hast du nur ihn?

- Nein, ich habe noch zwei Kinder. Aber jeder geht seinen eigenen Weg. Sie müssen ihr Leben selbst gestalten und um ihr Brot kämpfen. Sie haben zu viel eigene Sorgen, um sich auch um ihn Sorgen zu machen. Mein Mann ist vor 15 Jahren gestorben. Nach seiner Diagnose ging es ihm nie wieder gut ...

Ich schwieg.

Die Geschichten erwachsener Kinder mit Autismus waren hart und schwierig. Sie hatten nichts Süßes und Liebliches an sich. Aus diesem Grund „verschwanden" autistische Kinder in einem späteren Alter, als ob sie nirgendwo zu finden wären. Zuerst schlossen sie sich in sich ein und dann in ihren Häusern, vom System und von der Menschheit ausgeschlossen. Sie lebten in persönlicher und familiärer Isolation.

- Jetzt ist es in aller Munde und es wird viel Geld in Kinder mit Autismus investiert. Es wird viel darüber geforscht, aber wir sollten wissen, dass sie bald ein vergessenes Thema sein werden und das, sobald sie aufhören, für die Öffentlichkeit wichtig zu sein. Sie und Ihre Kinder werden von den Menschen, der Öffentlichkeit und dem System vergessen. Über dich wird nicht einmal mehr gesprochen. Einige andere Kinder und einige andere Störungen werden vorhanden sein, und sie werden ein weiteres ungelöstes Problem sein - sagte Esma zu mir.

Das Vorhaben eines Systemwechsels schien eine Sisyphusarbeit zu sein.

Esma verließ langsam die Station, hielt die Hand ihres Sohnes, und ich blieb und schaute ihnen nach.

Meine Kehle war immer noch trocken, und in der Flasche war kein Wasser mehr.

Ich schaute ihr nach und schwieg, in diesem Spalt, der sich zwischen zwei Leben auftat.

Ich hatte immer noch Angst, aber ich wusste nicht wovor.

Liegt es daran, dass Adan und ich dasselbe Schicksal hätten erleiden können? Weil ich nie wieder mein eigenes Leben haben werde? Weil Adan nicht vorankommt? Ja, dieser letzte Gedanke hat mich am meisten verletzt. Ich war sowieso schon lange weg ... Irgendwie glaubte ich, dass ich eines Tages an der Reihe wäre und ich mich nicht mehr so sehr mit Adan herumschlagen müsste, aber es war klar, dass so ein Tag vorerst nicht kommen würde.

Von der Außenwelt war fast nichts mehr übrig ... Ich ordnete mein Leben und meine Bedürfnisse dem Leben und den Bedürfnissen meines Sohnes unter und sah darin nichts Trauriges. Liegt unser Ziel nicht im Geben? Liegt der Sinn unseres Lebens nicht darin, sich für jemanden zu opfern? Ich konnte nie glauben, dass für die Opfer, die wir bringen, und für alles, was wir für die Kinder tun, nicht auch „große" Belohnung auf uns wartet.

Viele suchten nach Sinn und Zweck des Lebens.

Ist das nicht der Sinn unseres Daseins?

Schließlich – liegt der Sinn des Lebens nicht im Geben?

Ich weiß es nicht!

Ich habe aufgehört, nach Sinn zu suchen.

Ich hörte auf mich zu fragen, wie Adan wohl wäre, wenn er keinen Autismus hätte.

Nein, ich suche kein Heilmittel mehr.

Ich habe es tatsächlich gefunden.

Schule

Die Zeit verging unaufhaltsam.

Es schien mir, als hätte ich genug Zeit bis zu unserer größten Herausforderung – der Schule für Adan.

Aber wir hatten uns noch nicht einmal umgedreht und da war sie bereits.

Die Schule!

Und auf einmal dachte ich nun, es wäre nicht so schlimm, wenn Adan auf eine Sonderschule gehen würde. Bei mir war es nun so, dass ich einfach dachte: ‚Manche Kinder gehen hier und andere da zur Schule' und in diesem Moment hatte ich keine Vorurteile mehr. Daran erkannte ich, wie sehr ich mich verändert hatte. Ich sah die Sonderschule nicht mehr als einen traurigen Ort an. Mir wurde klar, wie viel herzliche, aufrichtige Liebe sich hinter diesen Mauern verbirgt, und mir war klar, warum Menschen, die mit diesen Kindern arbeiten, fast nie ihren Beruf wechseln. Ich wollte keine stressige Situation in der Schule für mich oder ihn erzeugen. Ich fragte mich immer wieder, ob wir bereit für die Schule waren.

Nach einem Gespräch mit der Lehrerin der nahe gelegenen Grundschule setzte ich mich auf die Bank, um mich etwas auszuruhen. Ich fühlte mich extrem müde, als wäre ich zwanzig Kilometer gelaufen. Ich hatte es immer eilig nach Hause zu kommen. Ich wollte keinen einzigen freien Moment für etwas anderes als die Kinder aufwenden. Während ich saß, legte ich meinen Kopf zwischen meine Hände, als ob die Probleme der ganzen Welt auf meine Schultern geladen worden wären. Ich blieb ein paar Minuten so, bis ich die Stimme eines älteren Mannes hörte:

- Es ist nicht so ernst, oder? Kann ich helfen?

Ich richtete meinen Kopf auf und sah den Siebzigjährigen an, der sich neben mich setzte.

- Wenn es höflich ist und wenn ich fragen darf – warum hält eine so junge und schöne Frau ihren Kopf so ernst?

- Ich wollte nachsehen, ob er noch vorhanden ist. Danke für die Komplimente, aber ich bin nicht mehr so jung oder so hübsch.

- Bei Gott – das sind Sie! Wer hat Sie vom Gegenteil überzeugt?

- Ich denke, ich selbst. – Ich habe es geschafft, ein künstliches Lächeln hervorzuzaubern.

- Es überrascht mich nicht, wir sind oft unsere eigenen schlimmsten Feinde - antwortete er, wie es schien mehr für sich selbst.

- Ja, ich argumentiere am schnellsten und einfachsten mit mir selbst - fuhr ich in einem scherzhaften Ton fort.

- Wir sollten mit uns selbst streiten und uns selbst kritisieren. All dies trägt zur Persönlichkeitsentwicklung bei. Es ist alles gut, bis Dinge passieren, die uns dazu bringen, uns selbst zu hassen, die wir uns nicht verzeihen können.

- Ich glaube nicht, dass ich solche Probleme noch habe.

- Dann sind Ihre Probleme nicht so groß. Sie halten Ihren Kopf, als hätten Sie alle Probleme der Welt.

- Ich sitze auf der Bank, wenn ich Entscheidungen treffe. Ich nehme meinen Kopf, schüttle ihn und – ich entscheide. Normalerweise falsch.

- Warum schütteln Sie ihn dann, wenn Sie sowieso die falschen Entscheidungen treffen?

Weißt du, Kind, ich muss deine Probleme nicht kennen und ich kenne wahrscheinlich auch nicht die Lösung dafür. Aber ich habe mein ganzes Leben gelebt und viel dabei gelernt. Ich kann dir nur eines sagen: Alles ist vorübergehend und alles wird vergehen, auch dein großes Problem.

- Mein Problem verschwindet nicht, ob Sie es glauben oder nicht. Es gibt Probleme, die nicht verschwinden, die ein Leben lang anhalten. Mein Problem verschwindet nicht nur nicht, es kommt gerade erst - antwortete ich in einem leicht verärgerten Ton.

Er sah mich verwirrt an und erwartete eine Erklärung von mir. Busse fuhren einer nach dem anderen vorbei. Ich beschloss, ihm alles ins

Gesicht zu werfen. Wenn ich manchmal meine Probleme vor Leuten verberge, die ich kenne, warum sollte ich sie dann vor Fremden verstecken? Ich erzählte ihm kurz alles – über Autismus, seine Besonderheiten und Schwierigkeiten, die Ungewissheit des Lebens, die Zukunft, und am Ende dieser Geschichte erwähnte ich auch die Schule.

Er hörte mir genau zu. Er unterbrach mich nicht. Er sah mich verwirrt an und ich hatte den Eindruck, dass er nicht verstand, wovon ich sprach. Hatte er überhaupt jemals von Autismus gehört? Bin ich wieder in dieselbe Falle getappt und habe jemandem, der nichts über Autismus weiß, von ihm erzählt?

- Ich bin ein ehemaliger Geschichtsprofessor. Ich habe dreißig Jahre an der Philosophischen Fakultät gearbeitet. Ich bin seit siebzehn Jahren im Ruhestand. Ich habe die ganze Zeit des Krieges in Sarajewo verbracht. Sie waren wahrscheinlich nicht auf der Kriegsschule?

- Nein, ich war während des Krieges nicht in Sarajevo.

- Ich sehe, dass Sie es nicht sind, denn wenn Sie es wären, wäre Ihnen nur wichtig, dass Ihr Sohn in Ruhe zur Schule geht. Hier lebten Mütter, die ihre Kinder zur Schule schickten und nicht wussten, ob sie davon zurückkommen würden oder nicht. Es gab auch solche, die nie von der Schule zurückkamen. Ich finde es viel schlimmer als Sonderpädagogik.

- Mein Sohn hat Autismus. Sie verstehen vielleicht nicht, was das bedeutet. Ich weiß nicht, ob er jemals gut genug mit der Welt kommunizieren wird, um unabhängig zu leben. Ich habe versucht, ihm meine eigenen Ängste zu erklären.

- Ich verstehe - nickte er. - Ich habe davon im Fernsehen gehört, aber ich habe noch nie ein autistisches Kind getroffen. In unserer Zeit war es eine seltene Diagnose, und sogar Eltern versteckten solche Kinder.

- Ich weiß, Professor. Auch heute wird nicht allzu viel daran gearbeitet, aber zumindest müssen wir sie nicht mehr verstecken.

- Ich habe gelesen, dass solche Kinder extrem schlau sind. Vielleicht ist ihr Wille, dass sie nicht kommunizieren wollen ...

- Was meinen Sie?

- Heute redet man viel und versteht sich doch immer weniger. Sie kommunizieren mehr mit Geräten als untereinander. Vielleicht wird es ihm nicht so schwer fallen, sich an diese Welt anzupassen, in der die Kommunikation ohnehin schon schwierig ist.

- Ich stimme zu, aber mein Sohn braucht eine Gesellschaft voller Empathie.

- Keiner von uns braucht eine solche Gesellschaft, denn selbst eine solche Gesellschaft hat uns in die falsche Richtung geführt. Sagen Sie das Leben nicht vor dem Ereignis voraus. Das Leben lässt sich nicht vorhersagen.

Es spielt keine Rolle, wo Sie Ihren Sohn anmelden. Er wird seinem Schicksal folgen. Alles, was passiert, musste passieren, denn das Leben ist unvorhersehbar.

- Du musst planen, jeder macht Pläne ... Wie kann ich ohne Pläne leben?

- Planen Sie, aber sagen Sie das Leben und die Zukunft nicht voraus, weil es nicht vorhersehbar ist. Ich hatte zwei Söhne. Ich dachte, sie würden Ärzte werden. Der eine ist mit 13 Jahren im Krieg auf dem Fahrrad ums Leben gekommen, der andere ist nach dem Krieg hier weggegangen und fährt jetzt in Deutschland Lkw. Der Krieg hat alles verändert. Krieg war nicht in meinen Plänen, aber er ist passiert.

- Es tut mir leid, es tut mir wirklich leid ...

- Denken Sie nicht zu viel über das Leben nach. Das Leben sollte nur gelebt werden. Nutze jeden Moment davon, denn er vergeht schnell. Das wird am Ende leider allen klar. Es spielt keine Rolle, auf welche Schule Ihr Sohn geht, solange er die Nacht bei Ihnen verbringt.

- Sie liegen absolut richtig. Ich muss jetzt gehen. Nochmals vielen Dank für das Gespräch und die Beratung.

- Kopf hoch, nicht runter! Nichts ist so ernst, wie wir denken! Passen Sie auf sich und Ihr Kind auf! Der Rest ist nicht so wichtig ...

Ich stieg in den Bus und winkte. Mir war klar, was der Professor mir sagen wollte. Wir vergessen immer das Wichtigste – dass wir am Leben und gesund sind und dass nichts so ernst ist wie eine Frage von Leben und Tod.

Ein Teil des Verfahrens, das Kinder mit Schwierigkeiten vor dem Eintritt in eine Sonder- oder Regelschule durchführen mussten, waren Tests. Die Kategorisierung war vor der Einschreibung in eine Sonderschule obligatorisch und sollte Kinder in Gruppen einteilen – schwere, schwerigere und leichte geistige Behinderung.

Das Testverfahren selbst war sinnlos, weil die Tests aufgrund der Ergebnisse, die so viel wie möglich zeigen und unterstützen sollten, nicht durchgeführt wurden. Die Tests waren ein Symbol für die Grausamkeit des Systems, das unseren Kindern vorzeitig aufgedrückt wurde und ihnen von Anfang an alle Türen verschlossen hatte. Medizinische Experten, Eltern und Mitarbeiter im Bildungssystem hielten die Tests für eine unnötige und diskriminierende Praxis. Die Kategorisierung zählte ihre letzten Tage.

Die Tests waren für die Eltern eine große Belastung. Sie hielten an den Tests fest, als hinge ihr Leben davon ab. Sie hatten Angst davor, was die Leute hinter der Tür ihnen sagen würden (als ob sie ihnen etwas Neues oder etwas erzählen könnten, was sie noch nicht wussten). Sie schwitzten, gingen und waren außer Atem, und ich war völlig entspannt. Ich sah keinen Grund für solche Angst.

Als ich sie ansah, stellte ich mich selbst infrage.

Vielleicht sollte ich auch Angst haben? Oder mir Gedanken darüber zu machen, was mein Sohn für Ergebnisse zeigen wird? Ich sah Autismus als ein Auf und Ab an – es gab Tage, an denen es Adan so gut ging, dass er an der Grenze zu einem „normalen" Kind war, und es gab Tage, an denen er in sich ging, als suchte er Zuflucht vor der Welt.

Die Tests würden so sein, wie sein Tag war, aber ich brauchte keinen Test, um zu bestätigen oder zu widerlegen, was ich selbst wusste – mein Sohn machte Fortschritte, er lernte, er wurde von Tag zu Tag besser und mein Leben kehrte langsam zur Normalität zurück.

- Mein Mann sank geistig in sich zusammen, als er sah, dass wir unsere Sprache auch nach einem Jahr Arbeit nicht verbessert hatten. Die

Prüfung beim Logopäden am Institut für Logopädie habe er mit Müh und Not bestanden - sagte die Mutter des Jungen, der mit sieben Jahren noch völlig nonverbal war.

- Hätte er das nicht vorhersehen können? Warum hatte sie hohe Erwartungen an diesen Test? – Ich war überrascht.

- Wir haben mehr erwartet, nachdem wir ein Jahr lang für einen privaten Logopäden bezahlt haben. Wir gingen zweimal die Woche hin und ließen einen Haufen Geld bei ihm liegen.

- Vielleicht hatte er nur einen schlechten Tag? Er hat sicher etwas gelernt, aber vielleicht konnte er es an diesem Tag nicht zeigen.

- Was hat dir der Test beim Logopäden gezeigt?

- Ich weiß nicht. Ich sah ihn nicht zu lange an. Mir wurde gesagt, er sei von einem nonverbalen zu einem verbalen Kind geworden. Das allein sollte bedeuten, dass er einen gewissen Erfolg erzielt hat.

- Natürlich ist es ein Erfolg! Wenn er nur sprechen würde, wenn er ein bedeutungsvolles Wort aussprechen würde! Selbst wenn er etwas Kurzes sagen würde, aber wenn er es nur aussprechen würde, würde es alles ändern!

- Das würde es nicht. Sprache würde dir nicht die Bedeutung geben, die du dir wünschst. Es gibt einfach unterschiedliche Ebenen von Autismus und deshalb muss man nicht bei jedem Test zusammenbrechen ...

- Ich weiß, aber ich habe Mitleid mit ihm, dann habe ich Mitleid mit meinem Mann, weil er sofort untergeht, es mir schwer macht und nie zufrieden ist.

- Gib nur nicht auf, mit ihm zu arbeiten. Viele erwarten, dass die Dinge von selbst oder über Nacht passieren, aber so etwas passiert nicht. Ich selbst kenne viele Kinder, die viel mehr Fortschritte gemacht haben als mein Sohn, obwohl auch „typische" Kinder nicht gleich sind. Sie entwickeln sich entsprechend ihren Fähigkeiten weiter. Auch wenn er nicht jeden Test besteht, bedeutet das nicht, dass er keine Fortschritte macht.

Ich ermutigte sie, aber ich war mir nicht sicher, ob ich recht hatte. Ich habe Adan nie große Ziele gesetzt. Anspruchsvolle Eltern kamen schneller voran und erreichten viel mehr als wir. Strenge schien mir nicht die richtige Option zu sein. Schließlich wollte ich zuerst Mutter sein, nicht die beste Therapeutin. Ich wollte nicht, dass mein eigenes Kind mich als eine Person erlebte, die es ständig zu etwas drängte. Ich wollte die Stütze sein, zu der er laufen würde, wenn etwas schief ging.

Während wir darauf warteten, gerufen zu werden, sah er mir von Zeit zu Zeit direkt in die Augen und sagte das Zauberwort, das ich von allen Wörtern auf der ganzen Welt am meisten liebte:

- Mama!

Er suchte Bestätigung in meinen Augen, dass alles gut werden würde.

Ich kannte diesen Blick von ihm, ich würde ihn wie einen Partner umarmen und sagen:

- Mach dir keine Sorgen, Kind, alles wird gut, Mama ist bei dir ... Ich werde dir immer vertrauen. Niemals wegen Tests. Weißt du das? Ich werde immer daran glauben, dass du es schaffen kannst. Dass du die reguläre Schule absolvierst, dass du Fußball spielst und eine Freundin hast.

Ich werde an den Tag glauben, an dem dich deine Klassenkameraden zu Geburtstagsfeiern oder in den Park einladen. Ich werde immer und ewig an eine solche Zukunft glauben, ich werde dieses Bild in meinem Kopf haben und keine Prüfung der Welt wird es mir nehmen. Du weißt das? Ich glaube an dich. Es wird uns gut gehen, auch wenn alles anfängt in die entgegengesetzte Richtung zu gehen. Ich werde wieder an dich glauben. Ich werde dir glauben, auch wenn du mit vierzehn auf einer Schaukel schaukelst, wenn du auch dann schaukeln oder rutschen willst. Ich werde draußen auf dich warten. Ich bin da, wenn du dich mal wieder mitten auf die Straße legst, um zu sehen, wie die Räder eines Autos durchdrehen, oder mich bittest, dir ein neues Spielzeugauto zu kaufen, während deine Freunde ihre Fahrprüfung machen. Ich werde auch dann nicht traurig sein. Ich werde nicht traurig sein, solange ich etwas tun kann, um dich glücklich zu machen. Ich werde da sein, auch wenn niemand sonst da ist. Falls du zufällig keine Freunde hast. Ich werde immer dein Spielkamerad sein, egal wie lustig es anderen erscheinen mag.

Ich werde da sein, wenn du in zwanzig oder dreißig Jahren eine Hand brauchst, die dich zu einem Spaziergang am Fluss mitnimmt. Es wird mir nicht schwerfallen. Ich werde auch dabei sein, wenn deine Altersgenossen ihren Abschluss feiern und volljährig werden, während du die in dieser Zeit „Tomica und Freunde" ansiehst. Ich werde dir immer geduldig, stark und bis zum Ende folgen! Wo auch immer uns der Weg hinführt und auch wenn er schwierig ist und nicht nach Plan verläuft – ich begleite dich dabei. Ich werde dich niemals verlassen, auch wenn es nicht mehr in meiner Macht steht, physisch für dich da zu sein. Ich werde durch den Wind, die Sonne und den Regen kommen, durch die Natur, die du so sehr liebst, ich werde mich, wenn nötig, in einen Stern verwandeln, damit ich dir immer folgen kann. Ich werde immer da sein, um dich zu beschützen. Keine Angst, mein Sohn! Wenn nötig, werde ich einen Deal mit Gott machen, aber ich werde dich niemals verlassen.

(...)

- Er ist toll! - schloss der Psychologe.

Adan hat eine gute Lernbasis. Vergessen Sie das nicht. Dieser Junge könnte eines Tages ohne Probleme sein College absolvieren!!

- Ich hoffe, Sie haben recht, Doktor.

- Vergessen Sie nicht, dass er nicht krank ist. Er sieht die Welt einfach anders. Jeden Tag sind sich immer mehr Experten einig, dass Autismus eine Erkrankung ist, die viele Vorteile hat.

- Ich habe meinen Sohn nie für krank gehalten!

- Das stimmt! Er ist einfach anders. Er ist besonders und klug.

- Wir haben kein Problem mit dem Andersartigen, Herr Doktor, sondern mit der Nichtakzeptanz des Andersartigen in der Gesellschaft.

- Ich denke, die Zeit solcher Kinder wird noch kommen. Mit dieser Zunahme von Autismus und der Art, wie es akzeptiert wird. Wir alle müssen an sie glauben!

Adan machte in allen Ergebnissen Fortschritte.

Wir haben alle notwendigen Prüfungen für die Aufnahme bestanden, wir waren ohne Assistentin vollständig bereit für die Regelschule und die Sonderschule war dennoch immer eine offene Möglichkeit für uns.

Es musste nur eine Auswahl getroffen werden.

Ich wusste, dass keine dieser beiden Entscheidungen notwendigerweise schlecht war und dass wir mit beiden glücklich sein konnten.

Es lag noch so viel vor uns.

Ich erinnerte mich an die Sonderschule und den Tag, als ich Adans Autismus entdeckte.

Mütter anderer Kinder, die damals vor der Schule standen, redeten, lachten laut, und ich fragte mich, wie könnte ich so was machen? Heute lache ich auch wie sie – laut!

Ich lache manchmal vor Schmerz, manchmal trotzig, aber meistens vor Stolz.

Ich lache, denn jetzt weiß ich, dass es nicht das Ende meines Lebens war, sondern nur der Beginn eines neuen.

Ich lache, weil ich weiß, dass ich immer noch die Mutter eines wunderschönen Jungen bin.

Ich lache, weil ich weiß, dass jeder schlechte Tag durch einen langen Spaziergang, ein gutes Buch oder einen Tee besser werden kann.

Ich lache, weil ich weiß, dass wir in diesem Kampf nicht allein sind.

Ich lache, denn das Leben ist trotz allem eine einzigartige Reise.

Ich lache, weil ich mein unvollkommenes Leben und mein perfektes Kind liebe.

Vielen Dank ...

Ich danke meinen wundervollen Kindern Adna und Adan, die meine größte Inspiration beim Schreiben dieses Buches waren.

Ich möchte allen Müttern von Kindern mit Entwicklungsstörungen danken, die ich direkt oder indirekt im Buch erwähne. Sie waren eine unschätzbare helfende Hand auf meiner Reise in den andauernden Kampf.

Ich möchte der gemeinnützigen Nichtregierungsorganisation „Edus-Edukacija za sve", all ihren Mitarbeitern, Erziehern, Assistenten, Ergotherapeuten und allen danken, die mit viel Liebe und Geduld mit meinem Sohn gearbeitet haben.

Ich möchte der Facebook-Seite „Eltern von Kindern mit Sprachproblemen" danken, die mich mit den Erfahrungen vieler Eltern verbunden hat, allen, die mir wertvolle Ratschläge und Anleitungen für die Arbeit mit Adan gegeben haben, insbesondere Marija Nedeljković.

Ich möchte Alma Idrizović Dizdar, Maja Jakelić, Ešrefa Puškar und Elvira Čelebić-Nezović danken, die die ersten Leser und Kritiker des Buches waren und ohne deren Unterstützung ich niemals die Kraft aufgebracht hätte, es zu veröffentlichen.

Ich danke meiner Familie für die Unterstützung und Liebe, die sie mir gegeben hat und mir heute noch gibt.

Über die Autorin

Azra Ljaić-Pekaz wurde 1979 in Rožaje in Montenegro geboren.

Sie ist Schriftstellerin, Kolumnistin, schreibt Kolumnen für mehrere lokale Internetportale, Kurzgeschichten für Kinder, beschäftigt sich seit der Schulzeit mit Lyrik, hat mehrere Gedichtbände veröffentlicht. Sie arbeitet und lebt mit ihrer Familie in Sarajevo.

Übersetzt von Azra Memovic Muric